INCANTO

Testi di Tea Stilton
Coordinamento testi di Margherita Banal / Atlantyca S.p.A.
Collaborazione editoriale di Silvia Sacco Stevanella

Coordinamento editoriale di Daniela Finistauri
Editing di Viviana Donella

Art director: Francesca Leoneschi
Copertina di Antonio de Luca
Graphic designer: Mauro De Toffol e Alice Iuri / theWorldofDOT
Character design di Silvia Bigolin

Illustrazioni pagine iniziali e finali di Silvia Bigolin (disegno) e Christian Aliprandi (colore)

Illustrazioni della storia di Silvia Bigolin e Carla Debernardi (disegno),
Christian Aliprandi (colore)
Coordinamento artistico di Andrea Alba Benelle
Grafica di Michela Battaglin e Federica Fontana

Da un'idea di Elisabetta Dami
www.nelregnodincanto.it

Pubblicato per PIEMME da Mondadori Libri S.p.A.

info@edizpiemme.it

Anno 2019 - 2020 - 2021 Edizione 1 2 3 4 5 6 7 8 9 10 11 12

Stampa: ELCOGRAF S.p.A. - via Mondadori, 15 - Verona

Tea Stilton

Il POTERE di INCANTO

PIEMME

IL SEGRETO DI INCANTO

Narra la leggenda che, in un tempo molto lontano, le rigogliose Terre di Incanto, dove oggi sorge l'*Accademia Reale,* accolsero un potente mago in fuga da un'oscura minaccia.
Era il *Mago dell'Alba,* che per difendere il suo grande potere dalle Forze Oscure scelse di nasconderlo nella natura. Da allora, il suo potere è diventato il *Potere di Incanto* e riposa come un magico segreto in ogni foglia, in ogni granello di sabbia, in ogni goccia d'acqua...

Ma al sorgere di ogni nuovo attacco, il Potere di Incanto si risveglia e sceglie **CINQUE GUARDIANE** dal cuore puro e dall'animo coraggioso.
Ora una nuova minaccia si è risvegliata: il malvagio **EGOR** ha deciso di attaccare Incanto, e cinque principesse devono rispondere alla chiamata del destino. Sono le nuove Guardiane di Incanto e insieme a cinque **ANIMALI MAGICI** dovranno proteggere a ogni costo la pace e l'armonia del loro mondo!

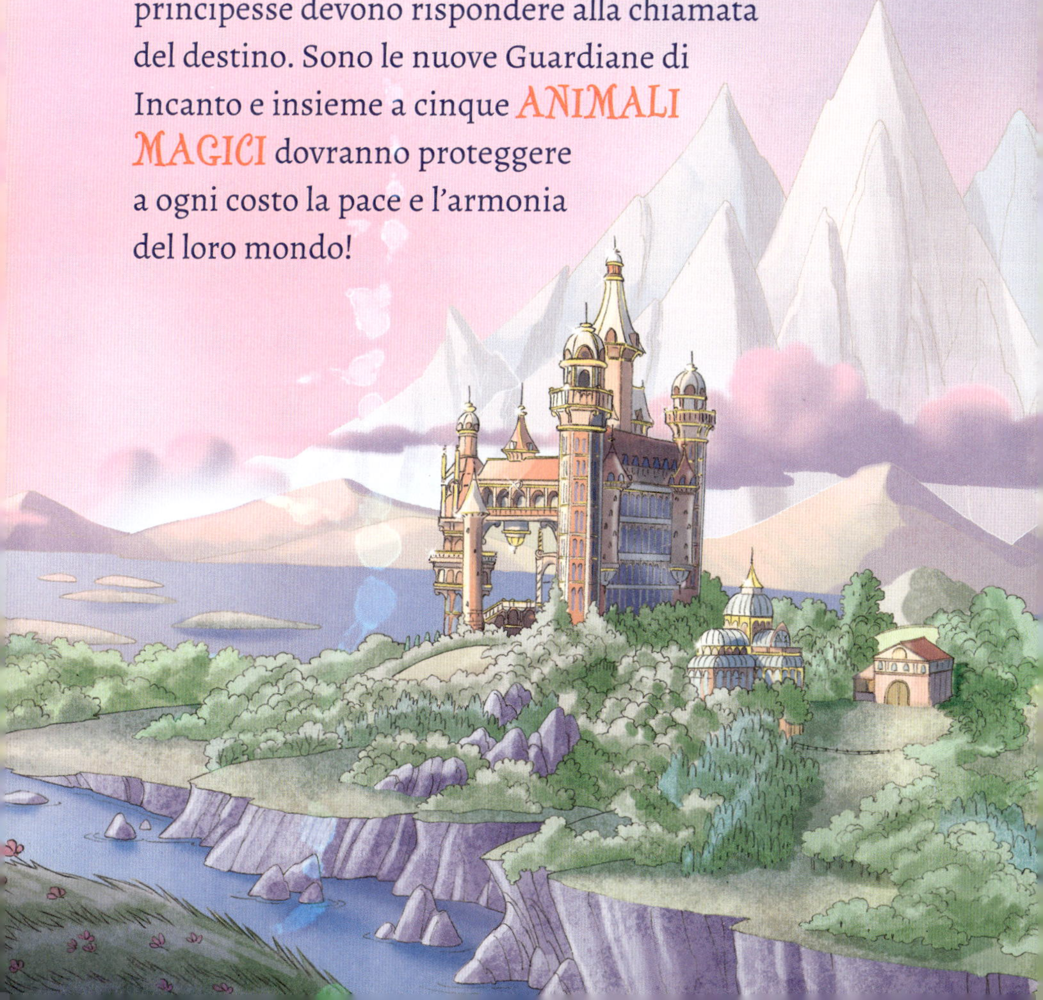

LE GUARDIANE DI INCANTO

SONO CINQUE PRINCIPESSE E SONO SORELLE. DA LORO DIPENDE IL DESTINO DI INCANTO E DELL'INTERO REGNO DELLA FANTASIA.

SAMAH

È la maggiore e il suo animale è il cavallo Astro. Adora prendersi cura di piante e fiori, che sembrano quasi capirla!

Nives

Gemella di Diamante, il suo fidato compagno è il lupo Sirio. Le piace molto disegnare, in particolare abiti eleganti.

YARA

È la più piccola
e la lince Mira non
la abbandona mai.
Ama la natura, i boschi
e le foreste.

Kalea

Lei e il delfino Sol sono
inseparabili ed entrambi
amano il mare.
È una cuoca provetta
e prepara dolci buonissimi.

Diamante

Gemella di Nives, il suo
animale è la farfalla Luna.
Ha una passione per
le pietre preziose con cui
crea splendidi gioielli.

UNA NUOVA MINACCIA

La notte avvolgeva l'Accademia Reale d'Incanto in quella quiete irreale che spesso precede le giornate di grande fermento.

L'indomani infatti sarebbe iniziato un nuovo anno e sarebbero arrivati i nuovi studenti: le stanze addobbate a festa sembravano trattenere il fiato nell'attesa.

I preparativi per il ricevimento di benvenuto avevano impegnato i cuochi fin dalle prime ore dell'alba, i lampadari di cristallo erano stati lucidati con la massima cura e le pareti erano state addobbate con arazzi provenienti dalle lontane Terre di Prosperia, dove si tessevano le sete più pregiate di tutto il Regno della Fantasia.

Ogni dettaglio era stato curato alla perfezione, in onore dei principi e delle principesse del **REGNO DELLA FANTASIA** che in quelle aule avrebbero studiato per diventare re e regine!

Solo una luce tremolava ancora nel buio, come l'ultima brace di un FUOCO. Non proveniva da una candela, né da un camino acceso: era una luminescenza emanata da una misteriosa sfera di vetro che fluttuava in mezzo a una stanza. Alden, il preside dell'accademia, la osservava turbato, scrutando la nube che offuscava il paesaggio in miniatura visibile tra i suoi riflessi.

La nube era comparsa al mattino, appena percettibile, ma si stava SCURENDO sempre di più, così come i pensieri dell'uomo.

Quella non era una semplice palla di vetro, ma la magica e potente GLOBOSFERA. Era attraverso quell'Oggetto Magico che Alden poteva osservare le Terre di

Incanto e controllare che le FORZE DEL MALE non stessero attaccando!
Come se stesse dialogando con una presenza invisibile, mormorò: – La pace non ci appare mai come un dono, finché non la perdiamo. Una nuova *minaccia* sta arrivando e io non sono ancora pronto per affrontarla!
Il suo sguardo si posò su un ritratto appeso alla parete, rivelando il destinatario delle sue riflessioni.
– Grande *Mago dell'Alba,* illuminami con la tua saggezza – sussurrò. – Incanto è in pericolo e i nuovi Guardiani non sono ancora stati scelti!
Alden strinse i pugni. Aveva promesso a se stesso di proteggere *Incanto* a ogni costo, come aveva fatto in tempi ormai lontani il valoroso antenato a cui si stava rivolgendo.
Sapeva che da lui non avrebbe ricevuto risposte, ma a volte era difficile portare da solo il PESO di quella responsabilità! D'altronde nessuno

sapeva che il preside era in realtà un MAGO BIANCO. Nelle Terre di Incanto non si usava la magia da così tanto tempo che nessuno credeva più alla sua esistenza!

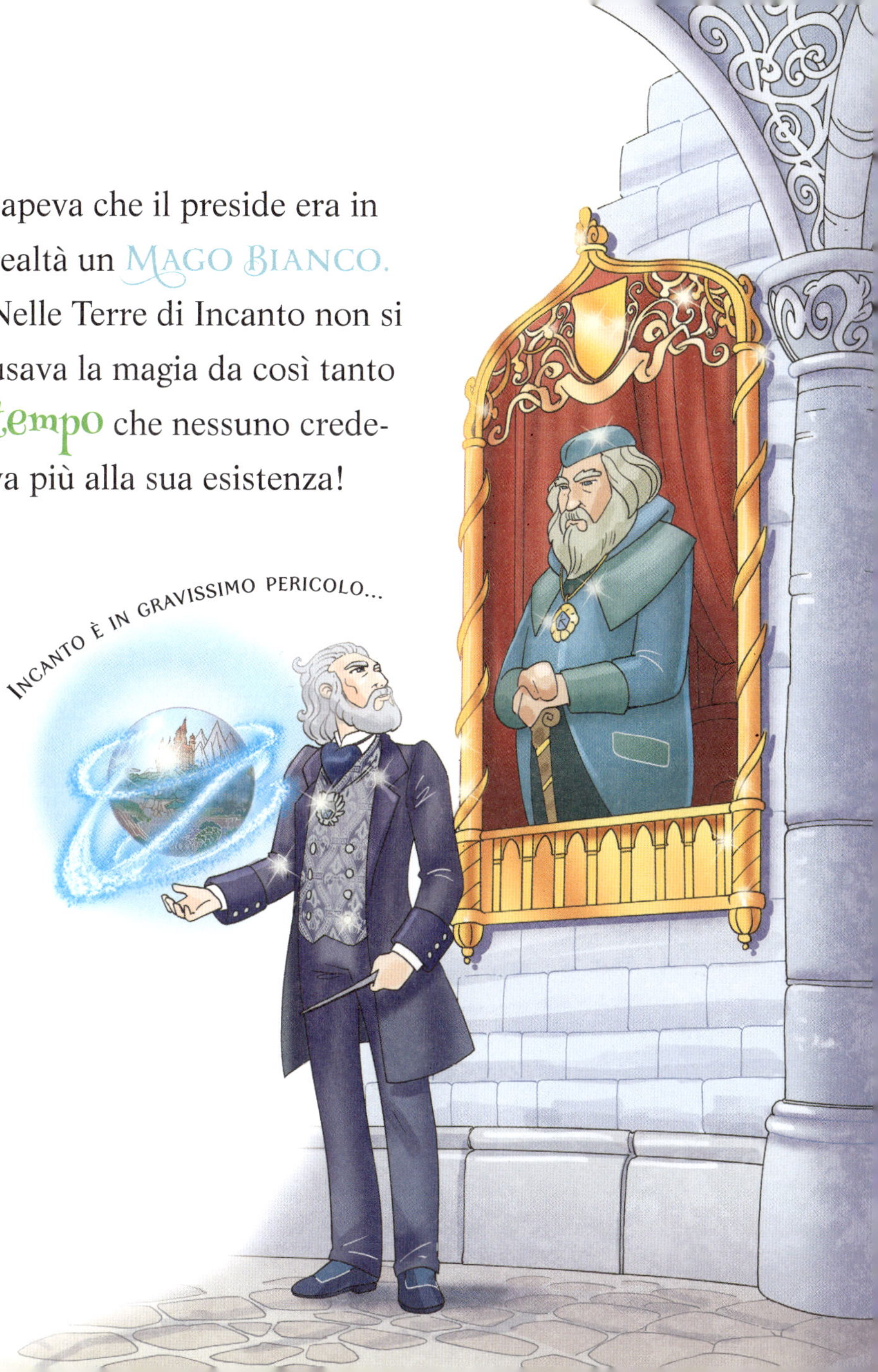

– Mi rimane poco tempo per capire chi saranno i prossimi **CINQUE GUARDIANI** – sospirò Alden. – Devo cogliere i segnali che soltanto la natura può darmi. Il *Potere di Incanto* non ha ancora deciso chi ci difenderà... Spero solo di riuscire a interpretare il suo volere.

Un'unica certezza lo confortava: i prescelti sarebbero stati cinque giovani dal cuore puro tra i principi dell'*accademia*.

Così era sempre stato.

Un corteo scintillante

La mattina dopo, le carrozze dei nuovi allievi cominciarono ad arrivare fin dalle prime luci del mattino, formando un corteo scintillante.
C'erano carrozze racchiuse da petali che somigliavano a bulbi fioriti, altre tonde e trasparenti come bolle di sapone e altre ancora d'oro zecchino, simili a scrigni. Ognuna raccontava qualcosa del regno da cui veniva.
Molti dei ragazzi avevano viaggiato per giorni per raggiungere le Terre di Incanto, ma nessuno sentiva la stanchezza: i principi e le principesse erano elettrizzati!
Alden li accoglieva personalmente di fronte alla grande scalinata d'ingresso.

– Benvenuta principessa Reyna, benvenuti sovrani di Monteluna – disse con un inchino a una ragazza dal sorriso contagioso e ai suoi genitori.

– Benvenuto principe Marl, benvenuti sovrani di Boscofitto – continuò, rivolgendosi a una coppia di sovrani in sfarzosi

abiti di velluto, che accompagnavano un ragazzino dall'aria vivace.

Nell'istante in cui il preside si accorse che mancava ancora una famiglia all'appello, una carrozza arrivò a tutta velocità sollevando una nuvola di POLVERE. Non appena lo sportello si aprì, ne uscì uno sbuffo di gonne, nastri e pizzi e fu come se un arcobaleno si fosse riversato nel CORTILE dell'accademia.

Le cinque ragazze che scesero dalla carrozza erano molto diverse l'una dall'altra, eppure insieme creavano una splendida armonia.

Alden sorrise osservandole: bastava uno sguardo per capire che Samah, Kalea, Nives, Diamante e Yara erano sorelle.

– Lo sapevo, siamo le ultime! – esclamò Diamante, sistemandosi i capelli. – Facciamoci riconoscere dal primo giorno, mi raccomando!

– Vi ho già chiesto scusa – sospirò la sorella più piccola, cercando di tenere il passo. – Avevo bisogno di salutare i miei boschi, prima di partire, e sono arrivata un pochino in ritardo! Ho paura che qui gli alberi li vedrò solo sui libri...

– Ragazze, non litigate – disse Kalea.

La regina annuì: – Vostra sorella ha ragione. E tu, Yara, non lamentarti sempre di questa scuola. Sarà un'esperienza straordinaria, in cui ognuna di voi imparerà a esaltare le sue qualità...

Finalmente!
Siamo le ultime!
Su, ragazze!
Arrivooo!
Wow!

– Mmm... solo a sentirne parlare mi sono già annoiata tantissimo! – rise YARA. – Spero solo di riuscire a fare scorta di ottimo cibo alla festa di *benvenuto!*

– Sono sicuro che il banchetto sarà di vostro gradimento, principessa, e non ci sarà bisogno di fare alcuna scorta – disse Alden avvicinandosi alle ragazze. – La nostra cuoca *Dulcea* ha preparato specialità di tutti i regni... e lo fa tutti i giorni, non solo per le grandi occasioni!

Samah e Nives si scambiarono uno sguardo sconsolato: che figuraccia avevano appena fatto con il preside Alden!

La loro sorellina era sempre la solita!

Con un sorriso divertito che sciolse l'*imbarazzo,* Alden con un gesto le invitò a entrare e dichiarò con fare solenne: – Benvenute principesse, benvenuti re e regina di Arcandida! Sono felice che siate qui. L'*Accademia Reale di Incanto* vi aspetta!

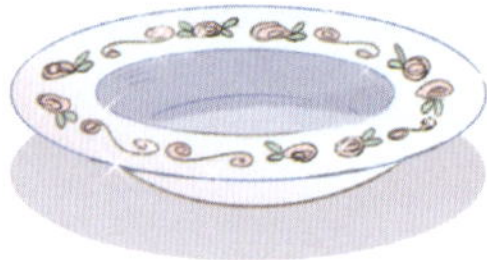

SEMBRA UN SOGNO!

Appena varcarono la soglia, le cinque ragazze rimasero a bocca aperta: era tutto così bello da sembrare un sogno!

– Ragazze, che emozione – sussurrò Kalea.

– È tutto così... – disse SAMAH.

– Meraviglioso! – aggiunse Nives.

– Puoi ben dirlo! – esclamò Diamante sorridendo alla *gemella*. – Io mi trasferisco qui a vita!

– Non è una cattiva idea – commentò Yara, puntando gli occhi sul banchetto.

Una professoressa dall'aria arcigna le lanciò uno sguardo che avrebbe messo in riga chiunque, poi ricominciò ad aggirarsi tra i tavoli lamentandosi con i camerieri: – C'è un granello di polvere sul

pavimento! C'è una briciola sulla tovaglia! C'è un grammo di paté di troppo su questa tartina!

Samah prese sottobraccio la sorellina minore e le sussurrò: – Qualcosa mi dice che dovrai stare particolarmente attenta con lei...

– Anche a me mette una certa agitazione – confidò Kalea. – Tutta questa gente poi... Chissà se riuscirò a scambiare due parole con qualcuno!

Per sdrammatizzare aggiunse: – Mmm... altrimenti potrei nascondermi dietro quel **cactus** e aspettare che la festa sia finita, che ne dite?

– Che esagerata, Kalea! – disse Samah, stando

al gioco. – Tanto lo sai, è impossibile non volerti bene! Ti farai un sacco di amici!
In quel momento, Nives si illuminò.
– Non posso crederci, queste sono autentiche sete di Prosperia! – esclamò la ragazza sfiorando una STOFFA color malva che decorava una colonna.
– Cosa darei per averne anche solo uno scampolo da cucire su un abito!
– Le tue creazioni sono già bellissime così – affermò Kalea, facendo frusciare la gonna che si era fatta cucire proprio dalla sorella.
– E io sono sicura che tu supereresti la cuoca dell'accademia con le tue ricette! – disse Nives.
– Ora, però, dobbiamo accontentarci di queste pallide imitazioni della tua cucina! – aggiunse YARA, addentando un fagottino di pastasfoglia.
Il ripieno schizzò fuori, attraversò pericolosamente la stanza e atterrò... su una sedia rivestita di seta di Prosperia!

La professoressa dall'aria arcigna, quasi avesse dei sensori invisibili che comunicavano con ogni angolo della stanza, si precipitò a valutare il danno.
– Questo è molto, molto spiacevole! – dichiarò.
– Mi presento: sono Madame Plumage, la professoressa di Portamento e Buone Maniere.
A quanto pare, ci sarà molto da lavorare con voi.
Ma alla fine di quest'anno farò di voi delle principesse modello, COSTI QUEL CHE COSTI! Ora, con il vostro permesso...
E se ne andò impettita a controllare il lavoro di una cameriera a cui aveva chiesto di sistemare delle posate, a suo avviso non perfettamente allineate. Mentre le sorelle osservavano la scena perplesse, un principe le raggiunse.
– Madame Plumage non è cattiva come sembra, vedrete! E questa scuola vi piacerà! – disse.
– A proposito, lieto di conoscervi, io sono Cantor del Regno di Asteria.

Che splendore!
È un posto magico!

Ci sarà molto lavoro da fare con te!
Ops!
Attenta, sorellina!

Nives incrociò il suo sguardo e subito arrossì, sorpresa da uno strano sfarfallio allo stomaco.
E quando il principe ricambiò il sorriso, lo sfarfallio divenne un tornado: era il ragazzo più affascinante che avesse mai visto!
– M-molto lieta – rispose, abbassando lo sguardo.
Diamante la osservò divertita: la Principessa Ghiacciolo, di solito calma e razionale, stava balbettando per l'emozione?
Yara in compenso non aveva perso un briciolo della sua parlantina: – Ciao, Cantor! Puoi dirci qualcosa di più dei corsi? Ti prego, dimmi che si fa anche qualche attività fisica, tipo nuoto o...
– Lancio del ripieno? – commentò sarcastica una ragazza, avvicinandosi al gruppo. – Me lo auguro per te, perché credo che su tutto il resto tu sia già una *causa persa!*
Poi, come se Nives fosse invisibile, si posizionò tra lei e Cantor, porse una mano al principe e

aggiunse con un
inchino cerimonioso:
– Anch'io sono nuova
di qui! Mi presento,
principessa Anya
Acantia Aurorette
Marie-Vanille del
Regno di Rivabianca.
Ma puoi chiamarmi
ANYA.

– Cantor di Asteria – rispose educatamente il principe.
– Ah! Ma i nostri regni sono confinanti! Mia madre dice che le coincidenze non sono mai casuali! – cinguettò la ragazza, sbattendo le ciglia. E senza aggiungere altro, sequestrò il principe con la scusa di illustrargli le bellezze di Rivabianca.
– Chi si crede di essere, quella? – sbuffò Yara.

– Temo che non sarà solo Madame Plumage a darti filo da torcere... – commentò Samah.
Quasi l'avesse chiamata, la professoressa batté le mani per chiedere silenzio.
Poi Alden annunciò: – Gentili ospiti, cari allievi, preparatevi! Andiamo a fare visita ai luoghi in cui trascorrerete il prossimo anno, in modo che prendiate confidenza con loro... e che anche loro prendano confidenza con voi!
Le cinque sorelle si scambiarono uno sguardo, chiedendosi che cosa potesse significare quella frase misteriosa...

Una pioggia fiorita

Gli allievi, accompagnati dai genitori e dagli insegnanti, si inoltrarono così nel cuore dell'accademia. Le cinque *sorelle* continuavano a spostare lo sguardo da un punto all'altro, cercando di imprimere nella memoria tutta quella bellezza.

Gli stucchi che arricchivano i soffitti, le specchiere e i CANDELABRI sprigionavano un fascino regale e al tempo stesso misterioso. In ogni stanza sembrava risuonassero le voci e le risate degli studenti del passato.

– *Che luoghi incantevoli!* – commentò la Regina di Arcandida.

In quell'istante sentirono un tonfo: una principessa era inciampata nell'orlo di un tappeto e per poco non aveva rovesciato un antico vaso dal valore inestimabile!

– *Ops, scusate!* – bofonchiò, ricomponendosi.

Yara la trovò subito simpatica: forse nel Regno della Fantasia c'era una principessa con cui poteva pensare di trovarsi in *sintonia*... che non fosse una delle sue sorelle!

– Piacere, Yara – si presentò. – E queste sono Samah, Nives, Kalea e Diamante.

– Io mi chiamo *Lisabel* – esclamò la principessa con un sorriso buffo. – Ero distratta a guardarmi intorno e non ho visto il tappeto!

È tutto così bello che sembra di vivere in una *favola*, non credete?
Le cinque sorelle annuirono: c'era quasi da aspettarsi che, spente le luci, quegli oggetti magnifici si animassero per *danzare* in segreto.
Dopo aver visitato l'interno dell'accademia, esplorarono i luoghi che la circondavano: l'immenso labirinto, le scuderie e infine un luogo denso di fascino, la Serra delle Piante Perdute e Dimenticate. Ospitava rarissimi esemplari, tra i più straordinari del Regno della Fantasia, così delicati e speciali che andavano coltivati in un luogo protetto e accuditi da mani esperte.
Mentre il gruppo procedeva in mezzo a *Orchidee Sussurranti*, Pioppi della Saggezza e Tigli Spinosi, le sorelle furono attratte da una curiosissima pianta: i suoi rami si affusolavano alle sommità, attorcigliandosi come gusci di chiocciola, e tra le **foglie** spuntavano pulsanti boccioli gialli.

– Che pianta incre-
dibile... – mormorò
SAMAH.
– Non avevate mai
visto una Sensibilia? –
domandò un omino
minuto alle sue spalle.
Aveva occhi chiari
dallo sguardo dolce
e una barba bianca
con la punta all'insù.
– Dovete sapere che
la Sensibilia deve

il suo nome a una capacità unica: entra in sintonia con l'animo di chi la circonda! La sua forma cambia a seconda dei sentimenti che percepisce e le sue reazioni possono essere imprevedibili! Ma ho dimenticato di presentarmi: sono il professor VERDIMIUS, insegnante di Botanica dei Giardini e delle Selve.

Samah fece un inchino ed esclamò: – Non vedo l'ora di cominciare il corso! Io adoro le piante!

– E a quanto pare loro adorano voi – sussurrò Verdimius indicando i boccioli della Sensibilia: si erano schiusi e avevano sparso sul terreno una pioggia di fiorellini gialli.

– Bizzarro – commentò Verdimius. – Raramente ho visto una Sensibilia esprimere tanta gioia!

Il preside Alden aveva osservato la scena sovrapensiero, senza darci troppo peso: era il momento di mettere in atto la prima fase del suo piano, per capire chi avrebbe difeso Incanto.

Così disse: – Vi ho portato qui per fare un annuncio speciale. La prima regola per un sovrano è conoscere la NATURA del mondo su cui regnerà. Sarete quindi felici di sapere che domattina partiremo per un'escursione di due giorni nelle Terre di Incanto!

– Evviva! – esclamò Yara. – Una gita nei boschi! Questo posto comincia a piacermi...

– L'APPUNTAMENTO È ALL'ALBA – specificò Alden.

– Come non detto... – sospirò la ragazzina, tra le risate delle sorelle.

La stanza dei desideri

Arrivò il momento dei saluti e solo allora le principesse si resero conto di quanto avrebbero sentito la mancanza dei genitori.

Rimasero a fissare la carrozza che li trasportava di nuovo verso casa, finché non fu così piccola da confondersi con il paesaggio.

Le ragazze stavano ancora fissando l'orizzonte, quando sentirono Lisabel esclamare alle loro spalle: – Voi non siete curiose di andare a vedere la vostra stanza?

Le cinque sorelle non se lo fecero ripetere e raggiunsero Torre Madreperla, l'elegante dormitorio delle principesse. Dopo aver salutato la nuova amica, aprirono la porta della loro camera...

– Ditemi che non sto sognando! – esclamò Nives. Dentro c'erano cinque letti a baldacchino fatti costruire appositamente per loro, in base ai gusti e alle inclinazioni di ognuna. L'accademia chiedeva il massimo impegno agli allievi, ma nella stessa misura si prendeva cura della loro felicità.
– È come se avessimo espresso un desiderio e... *voilà*! Si fosse avverato! – disse Diamante accarezzando il motivo di pietre preziose che decorava la testiera del letto. Disegnare gioielli era la sua passione e quella sorpresa la riempiva di gioia.
– Sembra un fiocco di neve – disse Nives di fronte al ricamo di cristalli che ornava il suo letto.
– E in più... abbiamo un caminetto tutto per noi! Mi vedo già seduta qui, a passare lunghe serate ad arrostire castagne! – esultò YARA.
– Non se ne parla, sorellina – disse Diamante.
– Siamo già arrivate in ritardo il primo giorno, ci manca solo il barbecue in camera da letto!

– Diamante ha ragione, non mi sembra una buona idea. Meglio affrettarci a disfare i bagagli piuttosto. È tardi! – disse SAMAH.

I bauli da viaggio erano talmente gonfi, che parvero tirare un sospiro di sollievo non appena le sorelle li aprirono: contenevano abiti, gioielli, scarpe, libri, ma soprattutto i ricordi più cari che le principesse avevano portato da ARCANDIDA.

– Spero di imparare qualche ricetta originale qui in accademia! Magari troverò l'ispirazione per creare il mio piatto speciale... – mormorò Kalea, appoggiando sulla scrivania un pesante volume. Era il famoso ricettario di famiglia su cui da generazioni si tramandavano ricette segrete. La tradizione prevedeva che ogni principessa a cui veniva affidato riempisse soltanto una pagina, per poi consegnare il libro alla discendente: in questo modo, sfogliandolo, si attraversava la storia gastronomica della dinastia reale di Arcandida.

¡IO HO QUASI FINITO!
STAREMO BENE QUI!

Eccoti!
Uff!
Spero di imparare nuove ricette!

– Io ho già inventato una ricetta segreta... Indovinate come si chiama! – esclamò Yara.
– Prendete una manciata di ANTIPATIA, aggiungete tre gocce di puzza sotto al naso e spolverate con abbondante presunzione!
– Mmm... – mormorò Diamante, mentre sistemava le sue creazioni di pietre preziose.
– Per caso si chiama 'Anya'? – disse la gemella.
– Esatto! – rise Yara.
– Dai, ragazze, non esagerate! Forse Anya è soltanto un po' insicura – si intromise Kalea con dolcezza. – Magari quando la conosceremo meglio cambieremo idea su di lei.
– Hai ragione, chissà che cosa ci riserva il futuro – sospirò sognante Nives, appendendo nell'armadio gli abiti che lei stessa aveva creato.
Yara invece lanciò i vestiti su una sedia e dispose con cura sul comodino la sua collezione di animaletti intagliati nel LEGNO: c'erano uno strambo

pennuto, un orsetto munito di ali e un camaleonte.
– Se solo fossi un po' meno fantasiosa e un po' più ordinata! – rise Samah, osservando il groviglio di camicette della sorella.
– Il mio non è disordine, è... è creatività! – rispose Yara. – E poi il disordine mi ricorda la mia stanza ad Arcandida...
Le sorelle le si fecero accanto.

Sapevano che dietro la vivacità della loro sorellina si nascondevano anche piccole fragilità...

– Non preoccuparti, potremo andare a trovare mamma e papà molto presto – disse Kalea.

– Certo – aggiunse Diamante. – Ma intanto dovrai diventare una brava principessa... Beh, insomma... ci dovrai almeno provare!

– Per prima cosa, ci aspetta una bella dormita! – commentò Nives.

– Questi letti morbidissimi attendono solo noi...

– No! Per prima cosa... date tutte la buonanotte a Miss Berenice! – disse seria Samah, indicando una piantina grassa che aveva sistemato sul davanzale. La coltivava da

quando era bambina: da allora le sorelle la prendevano bonariamente in giro per il BUFFO nome che aveva scelto per lei.
– Buonanotte, Miss Berenice – scandì YARA ridacchiando.
Samah fece l'occhiolino alle altre: bastava poco per far tornare il sorriso a Yara!
Le sorelle spensero le luci e si accorsero di essere sfinite non appena toccarono le lenzuola.
Yara bisbigliò: – Secondo voi riuscirò ad affrontare e tenere testa alla tremendissima Madame Plumage?
– Ne sono convinta, Yara, tu sei piena di risorse – le rispose Kalea.
Dopo quelle parole gentili, Yara chiuse gli occhi e si addormentò in un lampo.
Le sorelle risero complici nel buio.
– Mi pare che Yara abbia già superato le sue inquietudini! – ridacchiò Diamante.

– Seguiamo il suo esempio... – mormorò Nives, mentre le si chiudevano gli occhi.
– Sono sicura che sarà un anno bellissimo... bellissimo e molto sereno... – disse SAMAH.
Un attimo dopo, la camera sprofondò nel silenzio e le principesse si abbandonarono a dolci sogni.

Nelle Terre di Incanto

L'indomani all'alba tutti gli studenti si ritrovarono in giardino, pronti per l'escursione.

– Che levataccia! – mugugnò Yara, stiracchiandosi e sbadigliando.

– Coraggio, sorellina! La NATURA ci aspetta! – disse Samah.

Tutti erano vestiti con abiti comodi, adatti a camminare nei boschi. Tutti tranne Anya, che sembrava pronta per una sfilata di moda.

– Che c'è, non avete mai visto una gonna di tulle? – disse a un gruppo di principi che la stava osservando. – Dov'è la nostra carrozza, Myrton?

– Ehm... temo che tu non abbia capito – le sussurrò il cugino. – Dovremo andare a piedi!

– Che cosa?! – si indignò Anya. – E dovrei inzaccherarmi nel fango? Non è per niente *principesco!* Vorrà dire che mi aiuterai tu.

– Come se avessi scelta... – sospirò MYRTON.

– Non vorrei trovarmi nei suoi panni – commentò Diamante con un sorriso.

Il gruppo, sotto lo sguardo vigile di Alden, cominciò a camminare.

Mentre si avventuravano nella BOSCAGLIA, le principesse si guardavano intorno sbalordite: gli alberi erano carichi di frutti dai colori così

sgargianti che sembravano dipinti e le foglie avevano forme mai viste.
Alden studiava i comportamenti degli allievi, cercando di nascondere le proprie preoccupazioni: non voleva che si accorgessero di essere osservati. Uno dei GUARDIANI poteva forse essere Doran? O il più riservato ma brillante Josef?
Intanto, il principe Alfred indicava ai nuovi arrivati le piante che incontravano durante il cammino: – Questa è una GRANDIFLORA e quello laggiù è un rovo di Ribes Graffiante. Si chiama così perché, come potete vedere, ha spine acuminate ed è meglio stargli alla larga!
Alden ascoltava compiaciuto l'allievo, che sembrava conoscere a fondo la natura di Incanto: *forse anche quello era un segnale?*
Anya si accorse che il preside non stava rivolgendo le sue attenzioni a lei e, ansiosa di primeggiare, si portò in testa al gruppo.

Ma nella fretta cadde in pieno nel ROVO di Ribes Graffiante!
SAMAH si precipitò ad aiutare la compagna e in quell'esatto momento accadde un fenomeno strabiliante: non appena Samah fece per scostare i rovi, questi si ritrassero al tocco delle sue dita, quasi volessero proteggerla dalle spine!

Anya, troppo impegnata a lamentarsi, non se ne accorse. Tese invece la mano ad Alfred, appena sopraggiunto accanto a Samah.

– Grazie, finalmente un principe che sa come trattare una principessa – borbottò, sistemandosi la gonna chiazzata di succo di ribes.

Kalea vide l'espressione sul volto di Samah e le chiese: – Che cos'hai? Sembri turbata.

Samah prese in disparte le sorelle e confidò la sensazione che aveva avuto toccando i rovi: – È come se si fossero spostati per lasciarmi passare...

– Secondo me si sono ritirati perché nemmeno loro sopportavano Anya! – scherzò Yara.

– Probabilmente hai ragione... – sorrise Samah.

– Forse ho immaginato tutto.

Il gruppo proseguì lungo un sentiero che si inerpicava tra le rocce. Qui, nelle fessure tra un masso e l'altro, crescevano fiori turchesi molto speciali.

– Sono **Cuor di Notte!** – esclamò Samah.

– Si schiudono solo al calare del sole e i loro petali sono davvero unici: durante il giorno assorbono la luce e la restituiscono dopo il tramonto con una *fluorescenza* azzurra.

Diamante, affascinata, accarezzò la corolla di un Cuor di Notte... che al suo tocco, come per magia, si aprì in tutto il suo splendore!

Le sorelle si guardarono sbigottite.

– **È davvero strano...** – sussurrò Samah. – Anzi, direi che è proprio impossibile! I Cuor di Notte non si schiudono mai di giorno!

– Forse dovremmo parlarne con il preside... – suggerì Kalea. – Che cosa ne dite?

– Sono d'accordo. Sappiamo che la natura di Incanto è nota per la sua unicità, ma qui stanno capitando cose molto strane! – aggiunse Nives.
– Secondo me sono semplici coincidenze – disse Diamante. – La natura è bella proprio perché a volte è imprevedibile.
– E magari quel Cuor di Notte soffriva solo d'insonnia... – concluse YARA. – Guardate, si è già richiuso.
Così le ragazze decisero di non chiamare Alden, che d'altra parte non si era accorto di nulla: era troppo impegnato a osservare ORLANDO che si muoveva con la destrezza di uno stambecco tra una sporgenza e l'altra.
Il ragazzo sembrava domare la natura e il Mago Bianco cominciò a convincersi che sì, poteva essere lui uno dei Guardiani.
Il gruppo stava per raggiungere la cima, quando il silenzio fu squarciato da un grido acuto.

Cantor urlò:

– ***State attenti!***

Tutti alzarono gli occhi e videro un rapace scendere in picchiata su di loro.

Dai versi che lanciava sembrava furioso!

– È un Beccorovente – avvertì Cantor. – Laggiù c'è il suo nido, dev'essersi sentito minacciato!

Presto, allontaniamoci dal suo territorio: può diventare molto aggressivo e pericoloso.
Stranamente Nives non aveva paura. Era rimasta ferma a guardarlo, come *incantata* dalla fierezza e dalla determinazione dell'animale.
Per un attimo, i loro sguardi si incrociarono e Nives sorrise, sicura che non le avrebbe fatto del MALE. E infatti l'uccello, come se la calma della ragazza lo avesse tranquillizzato, smise di gridare e si *arrestò* a mezz'aria.
Proprio in quell'istante, Cantor si precipitò accanto alla principessa per farle scudo con il proprio corpo... e il rapace volò via.
– Stai bene? – le chiese trafelato.
– *Sì, sto bene* – disse Nives, arrossendo.
– Bravo, Cantor! – esultarono Alfred, Doran, Josef e Orlando.
Alden ormai era sempre più convinto: i cinque ragazzi, oltre a essere particolarmente in sintonia

con le forze della natura, dimostravano anche un forte spirito di gruppo, una dote essenziale per i **GUARDIANI.**
Nives in cuor suo sapeva che non era stato Cantor ad ammansire il rapace... ma lui era comunque stato molto **coraggioso** e non se la sentì di contraddire i suoi amici. Decise di non dire nulla nemmeno alle sorelle, per non alimentare le loro inquietudini. In fondo era successo *qualcosa* che non avrebbe saputo spiegare a parole.
La spedizione proseguì fino a costeggiare un fiume. Qui uno scintillio attirò l'attenzione di Kalea. A pelo d'acqua guizzava un pesce dalle scaglie *arcobaleno.*
– Come sei bello – mormorò la principessa, sporgendosi per accarezzarne il dorso.
Ma il peso dello zaino la sbilanciò e con un sonoro **splash**... precipitò in acqua!

Un tuffo fuori programma

– Aiut... *glub glub glub!* – furono le uniche parole che riuscì a dire Kalea, mentre il peso dello zaino la trascinava verso il fondo.
Lei, che aveva sempre nuotato come una sirena, non riusciva a tenersi a galla!
All'improvviso avvertì una forza misteriosa prendere corpo nell'acqua. Durò tutto pochi secondi: mentre sulla riva accorrevano tutti alle grida delle sue sorelle, una corrente di BOLLICINE magiche la avvolse e la sostenne, riportandola in superficie in pochi istanti.
– Kalea, resisti! – gridò Samah.
Ma la ragazza era già riaffiorata e in un attimo riuscì a raggiungere la riva.

– Kalea! Stai bene? – disse Nives, terrorizzata.

– **Che spavento!** – mormorò Yara, mentre Alden sfilava lo zaino dalle spalle di Kalea e controllava che stesse bene.

– Meno male che sei una brava **nuotatrice**... – sospirò Diamante.

Kalea non sapeva cosa rispondere: non poteva sbagliarsi, era stato il fiume a *salvarla*, non la sua abilità a nuotare.

Quando il preside si fu allontanato, lo confidò alle sorelle. Le *coincidenze* erano ormai troppe, sembrava quasi che la natura volesse dire loro qualcosa... Tuttavia insieme decisero che non era il caso di condividere quelle *sensazioni* con gli altri, almeno per il momento.

Ma quando il gruppo si fu ripreso dalla piccola disavventura, anche a Yara capitò un fenomeno *inspiegabile.*

Il gruppo giunse a un punto in cui il percorso era interrotto da un torrente, che si poteva attraversare solo camminando su un ponte di tronchi.

Yara non aspettava di meglio: quella era decisamente la sua *specialità!*

Nessuno però si era accorto che, in un punto vicino all'acqua, un tronco era marcito per l'umidità ed era più fragile. Dopo aver retto il peso di una decina di allievi, cominciò a INCRINARSI e, proprio mentre Yara lo stava percorrendo, si aprì una CREPA!

Yara sentì un sussulto, il tronco stava per spezzarsi, ma sotto il suo piede...

si ricompose!

Una forza magica riassorbì la crepa nel legno, come le onde del mare cancellano le scritte sulla sabbia. Nessuno si accorse di nulla, se non YARA stessa, e la spedizione proseguì senza altri intoppi.

Mentre la giornata volgeva al termine, Alden era convinto di aver individuato i Guardiani, ma una voce continuava a tormentarlo. Credeva che il Potere di Incanto si sarebbe manifestato in modo più evidente: qualcosa non lo convinceva fino in fondo. Gli serviva un'ultima prova!
Forse l'avrebbe avuta di notte quando, nel silenzio e nella tranquillità, il potere avrebbe avuto occasione di manifestarsi solo ai suoi occhi.
Il sole nel frattempo stava per tramontare ed era giunto il momento di cercare un posto per accamparsi. Alden guidò il gruppo a un pianoro circondato da una foresta di Tassi Melodiosi: erano alberi la cui chioma, scossa dal vento, creava un fruscio che accompagnava dolcemente il sonno.
– Ragazze... che giornata! – esclamò Nives mentre srotolava il sacco a pelo.
– Allora, Yara, hai ancora paura di vedere gli alberi soltanto nei libri? – sorrise Diamante.

– In effetti no! – disse Yara. – Speriamo che tutte le giornate siano così *divertenti!*

– Io sono disposta a vivere anche giornate più tranquille – mormorò Kalea, con i capelli ancora umidi per il tuffo inaspettato.

Il preside accese un fuoco e i ragazzi cenarono con le provviste preparate dalla cuoca *Dulcea.* Poi, sfiniti, sprofondarono nel sonno.

Tutti dormivano, quando gli occhi di Alden si spalancarono nell'*oscurità.* Era il momento di trovare la risposta che cercava... e così fu! Appena si alzò in piedi, una visione gli tolse il fiato.

Un nido di stelle si era addensato sopra le cinque sorelle di Arcandida, accendendo i loro volti di bagliori fatati.

Le stelle sembravano volerle proteggere, ma erano lì anche per render loro omaggio, come un corteo regale di fronte alle sue sovrane.

SONO LORO!

Il Potere di Incanto aveva posto la sua corona d'oro sulle cinque principesse, nominando le sue Guardiane.

Erano loro le prescelte!

Il preside sorrise di fronte a quel prodigio e rivide sotto una nuova luce tutti i segnali che non aveva colto: il beccorovente, il cespuglio di rovi, la Sensibilia nella serra! E chissà quanti altri che non aveva neppure notato... Aveva visto solo quello che aveva voluto vedere!

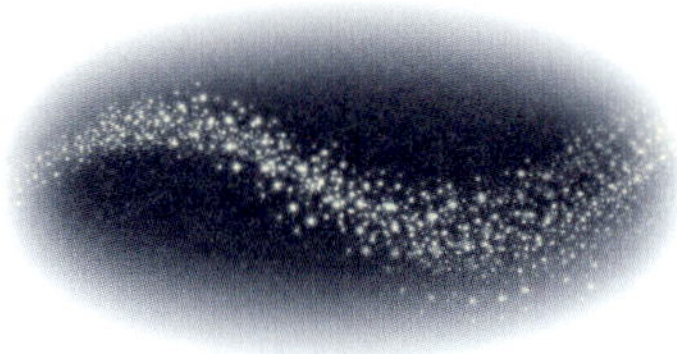

Il segreto di Alden

Poco dopo Kalea aprì gli occhi, svegliata dalla luce delle stelle, e mormorò: – Ragazze, svegliatevi! Guardate...

– **È incredibile!** – disse Yara stupefatta. – Non ho mai visto uno spettacolo così bello...

– Stiamo sognando? – chiese Nives.

Samah guardò a bocca aperta le *stelle*, che avevano formato una scia che si perdeva nella notte: – Se è un sogno, lo stiamo vivendo tutte insieme...

– *Le stelle sembrano invitarci a seguirle* – sussurrò Diamante.

Le principesse si alzarono e, con i cuori che battevano forte per l'emozione, camminarono sotto quella scia luminosa fino a raggiungere una radura. Laggiù le aspettava una figura che si stagliava nell'OSCURITÀ. In una mano reggeva un lungo bastone ritorto e il suo viso aveva qualcosa di decisamente familiare.

– Preside Alden! – lo riconobbero le ragazze, stupefatte.

Il Mago Bianco annuì: – BENVENUTE, GUARDIANE DEL POTERE DI INCANTO.

– Cosa? – balbettò Samah.

– Come ci ha chiamate? – mormorò Nives.

– Forse... forse è una specie di prova per i nuovi arrivati? – sussurrò Diamante alle sorelle.

– Tranquille, presto tutto vi sarà chiaro – disse Alden.

A un tocco del suo bastone, le principesse assistettero a uno spettacolo mozzafiato: sotto il terreno si rivelò un immenso intreccio di raggi splendenti.

GUARDIANE, NOI?
WOW!

Ma cosa...
Guardate!

I raggi ILLUMINAVANO ogni elemento naturale, si insinuavano tra i rami, percorrevano le rocce e le montagne, *plasmavano* segretamente ogni specchio d'acqua.
Erano ovunque, come se la natura fosse un immenso essere vivente percorso da un'ENERGIA segreta e pulsante.
– Tutto questo... è sempre stato qui? – mormorò Nives.
– Da molto tempo prima che voi nasceste. Questo è il *Potere di Incanto* – spiegò Alden. – In un tempo lontanto un malvagio Mago Oscuro minacciò il grande Mago dell'Alba, che fu costretto a compiere una scelta *dolorosa*, ma necessaria. Con grande sacrificio, si separò dal proprio potere e lo nascose in queste terre,

affidandolo alla custode più forte e benevola che esista... la NATURA.

Le sorelle ascoltavano in silenzio le parole di Alden. Il mondo che credevano di conoscere svelava un volto MAGICO e inaspettato, che le affascinava e al tempo stesso le intimoriva.

– Ma il *Mago dell'Alba* sapeva che il Male non sarebbe sparito – continuò Alden. – Per questo recitò un potente incantesimo di difesa. A ogni nuovo attacco, il Potere di Incanto si sarebbe risvegliato per scegliere Cinque Guardiani a protezione della *pace*.

– E saremmo... noi? – balbettò Kalea.

– Non è possibile! – esclamò Diamante.

– Già, non può essere... – concordò Samah.

L'uomo, che fino a pochi istanti prima era per loro solo il preside dell'accademia, sorrise.

Poi proseguì: – Non sempre i difensori del bene hanno l'*aspetto* che immaginiamo. Il Potere di Incanto ha scelto... e vi conosce meglio di quanto vi conosciate voi stesse.

– Ma tu... tu chi sei in realtà? – chiese Kalea in un sussurro.

Il Mago Bianco sorrise: – Anche questo vi sarà presto svelato.

Poi batté di nuovo il bastone a terra e il paesaggio intorno a loro cominciò a svanire.

LA RISPOSTA DEL LIBRO

Le sorelle si ritrovarono in una stanza misteriosa, con pareti colme di libri e oggetti sconosciuti.

– Dove siamo? – chiese Yara.

– Nella STANZA DEI SEGRETI, un luogo nascosto dell'accademia che imparerete a conoscere, ma di cui nessun altro deve sapere nulla – rispose Alden.

– Tutti credono che io sia soltanto il preside e il professore di Storie e Leggende Antiche...

MA IN REALTÀ SONO ANCHE UN MAGO BIANCO, DISCENDENTE DEL GRANDE MAGO DELL'ALBA. IL MIO COMPITO È GUIDARVI NELLA VOSTRA MISSIONE.

Le sorelle erano sempre più sbalordite. Ma lo stupore si trasformò in sgomento, quando Alden mostrò loro la nube che offuscava la Globosfera.
– È il segno della presenza maligna che sta per attaccarci. Dovete agire presto, altrimenti Incanto non resisterà e il prezioso potere che preserva verrà DISTRUTTO.
Poi, con gesto solenne, il Mago Bianco aprì uno scrigno e ne estrasse un grosso volume, che pose su un leggio.
– Questo è il *Libro degli Enigmi* – spiegò.
– Sarà la vostra ispirazione e la vostra guida in ogni missione. Solo voi potete leggere i suoi consigli e decifrare le sue parole: il vostro destino è scritto qui dentro.
– Ma è completamente bianco – osservò Kalea, sfogliandolo.
Quando anche le sue sorelle lo toccarono, però, il libro si *illuminò* e comparvero delle parole.

Il Potere di Incanto a lungo ha riposato,
ma ora è di nuovo minacciato.

Dunque si risveglia in ogni fiore o frutto
perché non è tempo di perdere tutto.

Ha scelto di nuovo i suoi difensori,
dopo aver guardato nei loro cuori.

Non dubitate del suo volere!
Il Potere vede ciò che nessun altro vede.

La vostra missione ha inizio,
Guardiane coraggiose!
Samah, Kalea, Nives, Diamante e Yara,
ricordate: siate fiduciose!

Quando lessero i loro nomi, le principesse furono percorse da una luce magica e in un attimo si ritrovarono vestite come guerriere.
– Benvenute, Guardiane di Incanto – disse Alden.
Le cinque sorelle rimasero in silenzio qualche istante, osservando incredule quei nuovi vestiti.
Poi Yara esclamò: – Ma sono fantastici!

Alden la guardò con gravità: – Non sottovalutare quello che vi aspetta. Questo non è un gioco: dovrete affrontare *pericoli* che nemmeno immaginate. Combattimenti feroci, viaggi ai limiti dell'impossibile, CREATURE MOSTRUOSE e infine il nemico più imprevedibile di tutti, che può attaccare in qualunque momento: la PAURA.

Kalea si strinse nelle spalle, spaventata: – Ma continueremo a frequentare l'accademia?
– Certo, ma dovrete mantenere il segreto sulla vostra identità. Ne va del futuro di Incanto.
– È tutto così incredibile – mormorò Samah.
– Che cosa... che cosa dovremmo fare adesso?
Alden le rassicurò: – Siete spaventate e lo capisco. Ma so che avrete la forza di accogliere il vostro destino. Vi aspetto qui questa sera al tramonto: basterà che sfioriate la cornice dello specchio dorato nel corridoio di Torre Vedetta e si aprirà un passaggio segreto.
Poi tutto svanì in un alone di luce purissima.

La scelta delle Guardiane

Le ragazze si risvegliarono la mattina dopo nei loro sacchi a pelo, ai primi raggi del sole.

– Se vi dico cos'ho sognato stanotte, non ci crederete! – disse Diamante, stiracchiandosi.

– Sono sicura che il mio sogno batte il tuo – ribatté Yara. – Il preside era un mago e noi eravamo CINQUE GUARDIANE destinate a sconfiggere il Male! Ma ci pensi?

Le altre sorelle guardarono Yara allibite.

– Io... io ho fatto lo stesso sogno – balbettò Samah. – A dire il vero non sembrava un sogno.

– Anch'io – aggiunsero Kalea e Nives in coro.

Mentre le sorelle si fissavano senza parole, un profumo di cioccolata calda si diffuse nell'aria.

– In piedi, ragazzi! – disse Alden. – Una ricca colazione vi aspetta prima di ripartire!
Le principesse lo osservarono incredule: dov'era finito il Mago Bianco che aveva mostrato loro il Potere di Incanto?
Il preside si avvicinò alle ragazze e sussurrò con tono ENIGMATICO: – Credo che la vostra notte sia stata più agitata di quella degli altri, piena di... sorprese!
Poi lanciò loro un lungo sguardo e tornò al suo zaino, che cominciò a preparare con aria assorta.
– Pensate anche voi quello che penso io? – mormorò SAMAH alle sorelle.
– Non è stato affatto un sogno – capì Kalea.
Le principesse rimasero in *silenzio* per tutto il viaggio di ritorno. Ognuna rifletteva su quanto avevano scoperto, divisa tra l'istinto di dedicarsi alla MISSIONE e il desiderio di fuggire.
Quando tornarono nella loro stanza, finalmente

al riparo da orecchie indiscrete, Diamante mormorò: – Credete che saremo all'altezza?
Le sorelle ricambiarono il suo sguardo, senza parlare, ma negli occhi di ciascuna Diamante trovò un pizzico di ciò che le serviva per ottenere la spinta giusta, come i magici ingredienti di una pozione del coraggio.

comprensione, grinta, dolcezza e calma.
Mancava soltanto un ingrediente: la determinazione.
Quella l'avrebbe aggiunta lei!

Quindi sorrise e disse: – È deciso allora. Siamo le Cinque Guardiane di Incanto!

In missione!

Il cielo si accese di rosso sotto gli ultimi raggi del sole: era il segnale che le principesse attendevano per entrare in azione.

Trovarono lo specchio nel punto che Alden aveva indicato e toccarono la cornice dorata.

Lo specchio sembrò riconoscerle. Si illuminò di un bagliore azzurro e si rivelò per ciò che era: si aprì come una porta, lasciandole entrare nella misteriosa Stanza dei Segreti.

Alden le aspettava di fronte alla GLOBOSFERA.

Appena le vide, si illuminò in viso: fino a quel momento non poteva avere la certezza che si sarebbero presentate. Il DESTINO che aveva prospettato loro non era facile da accettare.

– Sono felice che siate venute – esclamò, sorridendo.
– Abbiamo deciso di superare le nostre paure *insieme*... e siamo pronte a combattere – annunciò Samah a nome di tutte. Un tremolio incrinava la sua voce, ma nel suo sguardo brillava il fuoco di una nuova **DETERMINAZIONE**.

Il Mago Bianco annuì, poi si avvicinò a un baule d'ebano dagli intarsi dorati.
Lo aprì e ne estrasse uno splendido **ZUFOLO D'ORO**.
Quando Alden lo suonò, ne uscì una nota sottile e delicata, a cui rispose un ronzio. Dalla finestra era entrata una *coccinella*.

Ma non si trattava di una coccinella qualunque. L'insetto, dai riflessi dorati, roteò nell'aria in segno di saluto, splendendo di una luce incantata nel crepuscolo che avvolgeva la stanza.
– Ma è dorata! – esclamò Kalea.
– È una Coccinella del Cammino – spiegò Alden. – Dovrete affidarvi al suo volo e seguirla, ovunque vi porterà. Vi farà da guida nella vostra prima missione, la più importante: svelare l'ultimo segreto del Mago dell'Alba e trovare il tassello mancante che vi renderà complete come Guardiane di Incanto.
– E di che cosa si tratta? – chiese immediatamente SAMAH.
Alden scosse la testa e rispose: – Io non posso rivelarvi altro, ma non temete: lo capirete da sole, appena accadrà. Ma ricordate: sarà fondamentale che torniate prima che l'ultimo granello di questa clessidra tocchi il fondo.

Quindi porse a Samah una preziosa clessidra in cui lo scorrere del tempo era segnato da una sottile polvere d'oro.

Le ragazze erano senza fiato: chi avrebbe mai immaginato che tra le mura dell'Accademia Reale si potessero celare clessidre misteriose, coccinelle dorate e passaggi segreti?

Poi il Mago Bianco si voltò verso la libreria e spinse un libro dentro una nicchia. A quel gesto, accanto alla libreria apparve dal nulla una pesante tenda di velluto.

Davanti allo sguardo stupito delle cinque principesse, Alden continuò la sua spiegazione:

– Al di là di questo muro si apre un varco magico: oltrepassandolo, raggiungerete il luogo dove comincerà il vostro VIAGGIO da Guardiane di Incanto.

SIATE CORAGGIOSE!

Appena sollevò la tenda, una brezza leggera soffiò dentro la stanza. Davanti a loro si estendeva una foresta immersa nella notte.

I RAMI DEGLI ALBERI ERANO COSÌ INTRICATI CHE A MALAPENA SI VEDEVA IL CIELO.

– Quella che avete di fronte è la Foresta dai Mille Volti – spiegò Alden.
YARA chiese: – Dobbiamo solo attraversarla? Sembra un compito piuttosto semplice!
– Non lasciatevi ingannare dalle apparenze: purtroppo le forze maligne si stanno avvicinando e cercheranno in tutti i modi di ostacolarvi. Dovrete essere coraggiose e continuare con fiducia, o sarete perdute.
– Speriamo di farcela – disse Diamante. – Noi ce la metteremo tutta!
– So che non mi deluderete – le rincuorò Alden.

Sul suo volto, però, si intuiva un filo di preoccupazione. – Ora andate: il tempo concesso dalla clessidra partirà non appena lascerete questa stanza. Seguite sempre il volo della coccinella, così non vi perderete mai. E ricordate: confidate nel *Potere di Incanto*!

La Foresta dai Mille Volti

Mentre si inoltrava con le sorelle nella foresta, Yara iniziò a saltare da una radice all'altra.

– A me questa continua a sembrare una FORESTA normalissima! – osservò avanzando sicura.

Kalea invece continuava a guardarsi alle spalle.

– Forse sei così tranquilla perché i boschi sono come una seconda casa per te... – disse alla sorella minore. – A me invece questi alberi mettono davvero i **brividi!**

– Già. Magari i mille volti della foresta ci stanno osservando... e noi non lo sappiamo! – commentò sottovoce Diamante, lanciando un'occhiata al di sopra della propria testa, dove le chiome degli ALBERI fremevano al vento.

Il verso improvviso di un animale selvatico fece sussultare le sorelle.

– Beh, ammetto che l'atmosfera inizia a diventare un tantino SPETTRALE – mormorò Yara, perdendo un po' della sua spavalderia.

– Questa luna piena, poi, è così inquietante... – bisbigliò Nives.

– *Non dire così!* – intervenne Diamante.

– Non abbiamo nulla da temere: la luna ci è amica, come una lanterna che RISCHIARA il cammino... Non siete d'accordo?

– Certo! Io non ho paura! – rispose precipitosamente Yara.

– Ehm, sorellina, potresti allentare la presa? Mi stai stritolando il braccio – le chiese SAMAH.

– Ops! – esclamò lei, lasciando d'un colpo la sorella. – Non me n'ero accorta!

Le cinque principesse proseguirono seguendo la Coccinella del Cammino, ma più si inoltravano nel bosco, più una sensazione sgradevole si faceva strada dentro di loro. Una fredda malinconia, piano piano, raggiunse i loro CUORI.

– Non arriveremo mai... Sono ore e ore che camminiamo... – mormorò Nives, rallentando il passo.

– Io mi sento così triste... – confessò Kalea con un filo di voce. – Che cosa ci sta succedendo?

Tutte e cinque cominciarono ad arrancare, mentre intorno a loro calava un'oscurità surreale. La foresta sembrava pervasa da un'energia malvagia...

A un tratto, un fruscio sopra le loro teste le fece sussultare. Alzarono gli occhi e rimasero pietrificate per lo spavento.

I rami degli alberi si erano intrecciati a formare una miriade di bocche, nasi e occhi!

Guardate!
Oh no!

Il cielo era nascosto da quei volti SPAVENTOSI.
Le bocche soffiavano una brezza gelida e gli occhi scrutavano le Guardiane con espressioni ostili.
– *Fermatevi...* – sibilavano.
– *Non ce la farete mai!*
– *Dovete rinunciare!*
– Ecco i m-mille v-volti – balbettò Diamante.
Le principesse si strinsero l'una all'altra per farsi coraggio, ma la paura sembrava troppo forte.
– *Siamo noi!* – dichiarò un faggio, i cui rami disegnavano un reticolo di rughe.
– **Noi siamo la Foresta dai Mille Volti!** – urlò una quercia nodosa come le dita di una strega.
Le loro non erano vere e proprie voci: erano scricchiolii... fruscii... fischi di vento che si insinuava tra le foglie... il gocciolare incessante di umidità nel SOTTOBOSCO.
– *Non ce la farete mai... non ce la farete mai...* – sussurrò ancora la betulla.

– *Il cammino è troppo arduo! Rinunciate... rinunciate...* – soffiò un salice, facendo ondeggiare le foglie in un **DONDOLIO** lugubre. – *Restate con noi! Qui è tutto più tranquillo... Dimenticherete presto la vostra missione...*

Le **CINQUE GUARDIANE** non riuscivano più a proseguire e dovettero sedersi a terra.

Quei suoni angoscianti presero
a vorticare nella testa delle principesse,
trascinandole nello sconforto.

NON POSSIAMO ARRENDERCI!

La Coccinella del Cammino si mise a saettare intorno alle ragazze, cercando di RISCUOTERLE, ma non c'era nulla da fare: le principesse si erano abbandonate a terra e se ne stavano sedute a gambe incrociate, con lo sguardo spento.

Poi la nebbia che aveva invaso la mente di Samah si diradò per un istante, sufficiente a lasciare affiorare un ricordo. La voce di sua madre, che le diceva di prendersi sempre cura delle sorelle, le risuonò nelle orecchie e arrivò fino al suo cuore. Quelle parole la risvegliarono.

– Non possiamo arrenderci così! Dobbiamo compiere una missione importante! Non saranno questi alberi a scoraggiarci e...

La voce le si spense in gola. Stava per cedere di nuovo alla stanchezza...
– Lascia perdere, Samah – disse Yara. – Il bosco è sconfinato... non arriveremo mai alla meta, sarebbe solo fatica sprecata...
– Sì... e poi gli alberi hanno ragione, si sta così bene qui, in mezzo alla natura... – aggiunse Kalea in tono assente.

– Ci abbiamo provato – aggiunse Nives. – Credo proprio che non siamo noi le Guardiane...

– *Alden troverà qualcun altro*... – concluse Diamante.

– No, no, non dite così! – gridò Samah. Notò però con sgomento che uno strato di muschio stava crescendo sulle loro spalle: era sempre più spesso e presto le avrebbe completamente avvolte, inglobandole nella foresta!

Non poteva permettere che tutto finisse in quel modo, prima ancora di iniziare!

Si fece forza e con uno slancio energico si rimise in piedi. Doveva farcela per se stessa, ma soprattutto per le sue sorelle!

Così cominciò a vagare nel BOSCO, in cerca di una soluzione.

– *Dove credi di andare?* – le disse la betulla.

– POVERA ILLUSA – sibilò il faggio, corrugando i rami in uno sguardo di rimprovero.

Samah si sforzava di rimanere in movimento, ma quelle voci scavavano nella sua **volontà**... Inciampò in una radice e si accasciò. Con le mani nel fango, ora la tristezza era una montagna che la sovrastava senza lasciarle scampo.

Fu allora, quando tutto sembrava perduto, che Samah vide qualcosa che riaccese la speranza nel suo cuore.

Il Giglio della Speranza

Samah lo riconobbe all'istante: i suoi petali bianchissimi orlati di ricami lucenti erano inconfondibili. Era un meraviglioso, rarissimo esemplare di Giglio della Speranza!

– Non ci posso credere! Allora... abbiamo ancora una possibilità!

Non aveva mai visto un Giglio della Speranza, ma sapeva che, secondo le antiche leggende, quel fiore era in grado di restituire la fiducia a chi l'aveva perduta. Bastava toccare i pistilli dorati che

crescevano tra i suoi petali, per sprigionare il suo immenso potere.
C'era un solo, grande problema. Samah aveva riconosciuto anche il cespuglio che cresceva intorno al fiore: era un groviglio inestricabile di ORTICA ROVENTE, la pianta più urticante che esistesse!
Provò ad allungare una mano, timorosa, ma le foglie dentellate e dal colore rosso vivo erano AFFILATE come tagliole!
– Ahi! – gridò, ritraendosi di scatto quando per sbaglio sfiorò la pianta. Le sembrava di aver toccato un tizzone ardente!
Provò allora ad avvolgere la mano in una grossa foglia trovata a terra, ma il potere urticante dell'Ortica Rovente era così intenso che prima bruciò la FOGLIA e poi raggiunse la pelle.
Samah tirò via la mano appena in tempo per non essere scottata di nuovo.

Anche spostare le ortiche con l'aiuto di un ramo si rivelò inutile: si richiusero con rabbia intorno al giglio e carbonizzarono il ramoscello che SAMAH teneva tra le mani.

La ragazza sussurrò tra sé e sé: – Devo trovare un modo per raggiungere il giglio, o le mie sorelle saranno perdute per sempre!

Cercò di concentrarsi, ma intanto le voci della foresta avevano ripreso a scoraggiarla.
– *Rinuncia... non ce la farai! L'Ortica Rovente ha la forza del* FUOCO, *non riuscirai a sconfiggerla...*
Samah era sull'orlo della disperazione, ma in quel momento i sussurri degli alberi le fecero venire un'idea. In silenzio, cominciò a cercare qualcosa nella foresta.
– **Cosa stai facendo?** – sibilò un albero, insospettito.
Ma Samah continuava a guardarsi intorno senza prestare attenzione alle voci, finché non trovò quello che cercava. Si inginocchiò accanto a un cespuglio velato di RUGIADA: le gocce sembravano perle di una preziosa collana.
Sorridendo, tuffò delicatamente le mani tra le foglie, fino a bagnarle tutte del prezioso liquido.
– *Ha ha ha!* – risero i volti della **FORESTA**.
– *Pensi che la rugiada ti aiuterà?*

Samah alzò il viso e disse: – Non è semplice rugiada, ma la rugiada raccolta dall'Alchemilla Sognante. Vi ringrazio per avermi ricordato una filastrocca che ripeteva sempre Yara durante le nostre passeggiate nei boschi...

'L'Ortica Rovente ha la forza del fuoco,
ma per sconfiggerla basta poco:
cerca un cespuglio di Alchemilla Sognante,
la rugiada che raccoglie ti proteggerà all'istante!'

I volti cominciarono a ringhiare, ma Samah non stava più ascoltando. Si diresse verso l'Ortica Rovente e allungò la mano, con coraggio.
La pianta provò ad ATTACCARLA, ma al contatto con la rugiada dell'Alchemilla Sognante si ritirò infastidita, lasciando a Samah la possibilità di toccare i pistilli del Giglio della Speranza.
Il FIORE fremette e una girandola di petali si staccò dalla corolla, spargendosi per tutta la foresta.

CE L'HO FATTA!

Erano migliaia e si diffusero dappertutto, candidi come una nevicata!
Samah si sentì subito più energica e i petali raggiunsero anche Nives, Kalea, Yara e Diamante, dissolvendo il manto di **muschio** sulle loro spalle e infondendo di nuovo la speranza nei loro cuori.
I rami degli alberi, toccati da quella tempesta di petali, si piegarono fino a formare bocche urlanti.
– **Nooooo!** – gridarono.
– *Non ce la farete...* – sibilarono. – *Voi non potete... Come osate...*
Le grida divennero bisbigli che si fecero sempre più fiochi, fino a spegnersi.
A poco a poco, le bocche tornarono a essere semplici rami e sulla **Foresta dai Mille Volti** calò il silenzio.
Samah tirò un sospiro di sollievo: non ne poteva più di sentire quelle voci!

Poi corse dalle sorelle, che si guardavano intorno ancora confuse.

– Samah, dove sei stata? – domandò Nives. – C'è stata una nevicata di petali!

– Perché siamo sedute qui? – mugugnò Yara, stropicciandosi gli occhi.

La sorella maggiore le abbracciò, commossa. Solo dopo alcuni istanti esclamò: – Vi spiegherò cos'è successo strada facendo! Ora dobbiamo ripartire: la Coccinella del Cammino è lassù che ci aspetta!

L'insetto sfrecciava nell'aria sopra le loro teste: due percorsi si biforcavano sotto le sue ali, che sembravano lasciare alle principesse il compito di scegliere quale seguire.

– Prendiamo quel sentiero! – propose Yara.

– Ma è a malapena visibile sotto tutto quel fango... – protestò Diamante.

– Sì, ma è più sicuro. Vedi che ci sono delle orme? Sono impronte di

cervi bruni, un buon segno: significa che la strada è senza pericoli.
– Ma noi non siamo cervi! – protestò Diamante.
– Sì, ma i cervi non metterebbero mai a rischio i loro cuccioli. Per questo è bene seguire le strade battute da loro! – aggiunse Yara.
Samah ripensò alla filastrocca che le aveva insegnato la sorellina e che le aveva permesso di salvarle. Così mise una mano sulla spalla di Diamante e disse con dolcezza: – Fidiamoci di Yara.

IL FIUME DI FUOCO

Il sentiero fangoso presto si seccò e la foresta cominciò a diradarsi, lasciando il posto ad arbusti secchi e pochi alberi, che crescevano su un terreno ARIDO e brullo.

– Sarà che stiamo camminando da un pezzo, ma io ho troppo caldo! – sbottò Nives.

– Non sei tu, è l'aria: sembra rovente! – notò Kalea. Aveva la fronte sudata e gli abiti appiccicati alla pelle.

Non ci volle molto perché scoprissero il motivo di quella temperatura torrida. Di fronte a loro si aprì uno spettacolo magnifico e al tempo stesso terribile: un gorgogliante fiume di LAVA spaccava in due il terreno!

E la coccinella ci volava proprio sopra... segno che le principesse dovevano attraversarlo!

– Coccinellina, perché non torni indietro e prendi un'altra strada? – la supplicò Kalea.

Ma l'insetto non indietreggiò.

– Non abbiamo scelta, dobbiamo raggiungere la sponda opposta – disse Samah.

Nives si guardò intorno in cerca di un appiglio, una sporgenza, un passaggio nascosto...

– L'unico problema è capire come fare – disse.

– Ma noi siamo le Guardiane! – esclamò Yara. – Dev'esserci un modo!

La principessa si arrampicò su un masso e si guardò intorno. – Lassù, su quell'albero... forse c'è la soluzione!

Le sorelle osservarono il punto indicato da Yara: arrotolate ai rami di un albero spoglio, che cresceva sulla riva di quel fiume ribollente, c'erano alcune spesse liane.

– Non penserai di... – disse Nives, ma YARA si era già messa all'opera.
In poche agili mosse scese dal masso, afferrò da terra il ramo più lungo che riuscì a trovare, prese la mira e gridò: – State a vedere!
E scagliò quel giavellotto improvvisato verso l'albero. Allenata da anni di tiri con l'ARCO, la ragazza lasciò senza parole le sorelle: la punta del ramo si infilò in mezzo a una liana, srotolandola a terra.

– *Che mira!* – si complimentò Diamante. – Non ti prenderò più in giro per le tue scorribande nei BOSCHI!

– Questa me la segno – disse Yara. – Ora aggrappatevi a me, una alla volta!
– Che cosa? – disse Diamante. – Dovremmo attraversare il fiume APPESE a te e a quella liana? È questa la tua grande idea?!

E fu proprio quello che fece Yara: afferrò la sorella per la vita e, aggrappandosi saldamente alla liana, prese la rincorsa, lanciò un grido e... saltò!

Le principesse rimasero a guardare con il fiato sospeso le due sorelle che sorvolavano la superficie **bollente**. Per un istante sembrò che stessero per sfiorarla, ma Yara riuscì ad atterrare sull'altra sponda e portò Diamante in salvo.
– Evviva! Evviva! – gridarono in coro Kalea, Samah e Nives. – Yara, sei una forza della natura!

Coraggio Yara!

Fidati di me!
Aiutooo!

Yara tenne stretta l'estremità della liana e si dondolò fino a raggiungere le altre sorelle, che portò in salvo una a una.

– Sono davvero fiera della mia sorellina coraggiosa – disse Samah, quando furono tutte dall'altra parte. – Ogni giorno scopro qualcosa di nuovo su ciascuna di voi... siete formidabili!

Le sorelle si strinsero l'una all'altra, felici del loro legame e di essere riuscite anche in quest'impresa.

Intanto la coccinella volò verso un punto luminoso e vi si posò sopra.

Le cinque principesse accorsero e scoprirono una bellissima pietra preziosa.

Diamante la riconobbe: – È un RUBINO DEL CORAGGIO!

– Che nome strano – commentò Kalea.

Diamante spiegò: – Il rubino deve il suo nome all'antica leggenda di un cavaliere

valoroso, che donò la sua vita per salvare una creatura innocente da un mostro. Al termine della terribile battaglia, un Rubino del Coraggio fu ritrovato sul terreno: è il simbolo del cuore puro e senza paura del cavaliere.
– Wow! – commentò Yara.
– Si dice che la pietra sprigioni energia positiva nel momento del bisogno. È solo una leggenda, certo, ma a volte le leggende nascondono un fondo di verità... – concluse Diamante.
– Allora credo che la coccinella ci stia suggerendo di prenderla! Avremo bisogno di energia positiva contro gli attacchi delle FORZE DEL MALE – propose Kalea.
Le sorelle annuirono e Diamante raccolse la pietra, poi si rimisero in cammino.
Ma non percorsero molta strada: non appena si allontanarono dal FIUME DI LAVA e il clima tornò di nuovo sopportabile, la coccinella si posò su un

albero che cresceva accanto a una grotta isolata.
– Forse adesso la nostra piccola amica ci sta suggerendo di riposarci un po'? – suggerì YARA, sbadigliando.
– Ne abbiamo tutte bisogno – annuì Samah.
Ormai era scesa la *notte* e il cielo era punteggiato di stelle. Le sorelle prepararono un giaciglio di fortuna nella grotta e si abbandonarono al sonno, vegliate dalla coccinella e dalla luna.

Attacco di ghiaccio

Dopo una notte di riposo, le sorelle ripresero a seguire la Coccinella del Cammino, le cui ali dorate risplendevano sotto i primi raggi del sole.
Di nuovo, durante il percorso il paesaggio cambiò e le CINQUE GUARDIANE si ritrovarono ad attraversare un terreno montuoso. La temperatura si fece più RIGIDA, tanto che cominciarono a tremare.
– Quasi mi manca il fiume di lava! – disse Yara.
– Già, questo freddo è troppo anche per me – commentò Nives.
– E se lo dice la Principessa Ghiacciolo... – ridacchiò la sua gemella, mentre sfregava le mani per scaldarle.

Un gelo assoluto cominciò a diffondersi nell'aria, mentre i fili d'erba, cristallizzati, scricchiolavano sotto i piedi e un vento tagliente sferzava i volti delle ragazze.

– Sembra che sia arrivato l'inverno! – gridò Samah per sovrastare il sibilo del vento.

Il vento si trasformò in BUFERA e presto un manto di neve cominciò a coprire il terreno.

– L'avete sentito anche voi? – disse Kalea. – Qualcosa si è mosso qui sotto.

– Che cosa?

Un boato mozzò le parole in gola a Yara e dalla neve si sollevò una spaventosa CREATURA BIANCA dagli occhi piccoli e rossi che brillavano come spilli incandescenti.

Era un gigantesco mostro di neve!

Spalancò una bocca enorme, da cui spuntavano zanne di GHIACCIO appuntite come coltelli, e sollevò al cielo braccia immense.

– E ora che cosa facciamo? – balbettò Diamante, gli occhi sbarrati dal **terrore**.
La creatura non lasciò loro il tempo di decidere: squarciò l'aria con un ruggito e si gettò verso le ragazze.
Le principesse fecero appena in tempo a scansarsi, che il mostro si sfaldò nel punto dove il suo pugno aveva colpito il terreno.
– È scomparso? – mormorò Yara.
Ma la creatura si *riformò* all'istante e di nuovo si scagliò contro di loro.
– Separiamoci, ragazze! – gridò Nives.
Le sorelle annuirono e corsero ognuna in una direzione diversa, nella speranza di *disorientare* il mostro.
Ma lui era troppo veloce: continuava ad abbattersi al suolo e riformarsi.
A un tratto puntò SAMAH e si alzò sopra di lei, oscurando per un istante il sole.

È TREMENDO!

La principessa esitò, ma poi rotolò di lato, un attimo prima di essere COLPITA.

Le ragazze cercavano di resistere a quell'attacco, ma erano sempre più esauste e il freddo era una morsa che rendeva i movimenti lenti e intorpidiva gli arti.

Kalea, Yara e Samah faticavano a trattenere le LACRIME: la forza

del mostro era devastante e non sapevano più come fronteggiarla.
– Non lasciamoci abbattere! Ricordate le parole di Alden: dobbiamo resistere agli attacchi del Male! – esclamò Nives. Era l'unica ad aver mantenuto lucidità, insieme alla gemella.
– Dobbiamo farci venire un'idea – le disse Diamante.
Le altre sorelle erano troppo spaventate: il mostro di neve aveva gioco sempre più facile e presto le avrebbe TRAVOLTE!
Diamante capì che in quel momento era proprio lei a dover essere forte, lei che per prima aveva dubitato di riuscire in quell'impresa. Si concentrò e cercò di mettere a frutto l'ingegno.
– Pensa, Diamante, pensa... – mormorava.
Come potevano sconfiggere un mostro di neve? Scioglierlo con l'aiuto di un fuoco? Era impossibile accenderlo in mezzo a tutto quel ghiaccio.

Continuare a *fuggire* finché non si fosse stancato? Inutile, di sicuro si sarebbero stancate prima loro. Oppure...

– Sì, mi è venuta un'idea! – esclamò Diamante, attirando l'attenzione di Nives.

Col cuore in gola, spiegò alla sorella il suo piano.

POI IL MOSTRO DI NEVE TORNÒ ALLA CARICA.

Il Rubino del Coraggio

La creatura di neve non accennava a stancarsi, anzi, sembrava nutrirsi della PAURA delle principesse per acquisire sempre più forza.

In quel momento, però, accadde qualcosa di *inaspettato:* Nives si piantò davanti al mostro, lasciando Yara, Samah e Kalea esterrefatte.

– *Vieni qui! Lascia stare le mie sorelle* – gridò con aria di sfida.

– Nives! Che cosa ti prende? – disse Kalea. – Quella bestia ti divorerà!

– Scappa! – urlò Samah, mentre il mostro puntava i suoi occhi **cattivi** su Nives.
Ma lei non si spostò e rimase con i piedi ben saldi nella neve.
Il gigante bianco levò un RUGGITO che rimbombò per tutta la montagna, caricò e infine si lanciò verso la principessa come una valanga.
Le sorelle corsero da lei per proteggerla, ma la CREATURA era più veloce di loro!
Quando il mostro fu abbastanza vicino, Nives seguì il piano: si gettò su un fianco, scartandolo, e non appena la bestia spalancò le fauci...

Diamante non esitò un istante
e vi scaraventò dentro
il Rubino del Coraggio!

Il mostro si arrestò, storse la bocca ed emise un mugugno raggelante.

ADESSO!

Poi, pian piano, cominciò a sfaldarsi e a farsi sempre più piccolo. Infine si accasciò al suolo con un tonfo: la pietra preziosa aveva sconfitto la magia malvagia che lo animava, grazie alla sua leggendaria ENERGIA POSITIVA!

– Ha funzionato! – esultò Diamante.

Il mostro si consumò, finché di lui non rimase che un innocuo mucchietto di neve.

– Lo avete sconfitto! – gioì Kalea.

Nives era ancora a terra e fissava stremata il cumulo di neve davanti a lei.

– Credo che non ripeterò l'esperienza tanto presto! – commentò con un sospiro di sollievo.
Samah corse ad abbracciare la sorella: – Siamo qui, tranquilla...
– Sto bene, sorellona! – la rassicurò la ragazza. – Grazie a Diamante stiamo tutte bene.
La gemella sorrise, mentre Samah correva ad abbracciare anche lei. – Sei stata geniale!
– Già! Principessa Ghiacciolo e Miss Pietre Preziose battono Capitan Gelo due a zero! – esclamò YARA.
Le sorelle risero e Diamante le arruffò i capelli con affetto.
– Ci è voluto molto sangue freddo! – scherzò.
– Non parlatemi di freddo – esclamò Kalea.
– Spero proprio che la prossima tappa si trovi su un'isola tropicale...
– Chissà perché sono convinta che anche lì ci sarebbe qualche mostro ad aspettarci... Ma tanto

insieme siamo imbattibili! – rispose Yara con un'alzata di spalle. – Fatevi sotto, Creature del Male!

– Sei sempre la solita esagerata! – la riprese Samah con un sorriso.

Le risate e le orme sulla neve furono le ultime tracce che le sorelle lasciarono dietro di sé, prima di allontanarsi da quella landa desolata e riprendere a seguire l'enigmatico volo della coccinella.

Il ritorno della Sensibilia

Lungo il cammino segnato dal volo della coccinella, a poco a poco la neve si sciolse e il paesaggio tornò a **colorarsi** dei verdi accesi degli alberi. L'aria era più mite e attraversata da una *brezza* che giocava con i capelli delle principesse. Ogni cosa sembrava sorridere loro di nuovo, ma improvvisamente Nives sentì un lieve PIZZICORE al collo.

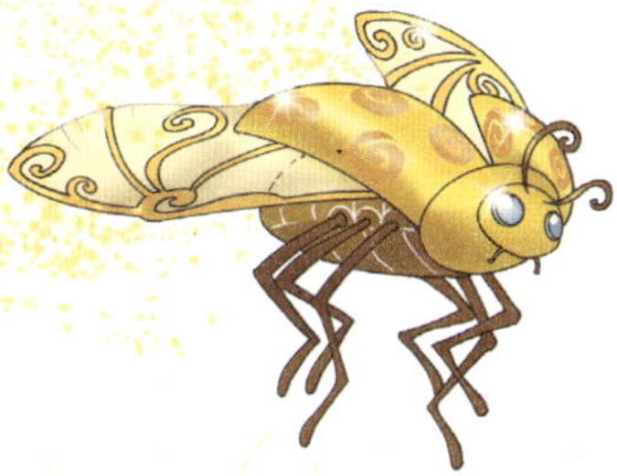

– Ahi! – mormorò.

– Tutto bene? – le chiese Diamante.

Nives, dolorante, si passò una mano dietro la testa.

– Sì sì... non ti preoccupare! Non è niente...
Un attimo dopo, però, la ragazza **rallentò** il passo e cominciò a camminare da sola in fondo al gruppo. Osservando le sue sorelle che ridevano felici, si sentì improvvisamente strana e piena di dubbi.

Forse stavano ridendo di lei? La stavano escludendo? Pensavano che fosse solo un peso in quella missione?

Nives cercò di scacciarle via, ma quelle idee continuavano a insinuarsi nella sua mente, come un terribile veleno.
Kalea si accorse subito che qualcosa non andava e si avvicinò alla sorella: – Nives, tutto bene?
– Sì, non ho bisogno di niente – rispose lei brusca.
– *Perché ti preoccupi tanto?*
Kalea rimase a bocca aperta: non era da sua sorella comportarsi così!

Ma in quel momento la voce di YARA attirò la sua attenzione e la distolse da quei pensieri.
– Guardate! – esclamò la ragazza riconoscendo delle piante molto insolite.
– È un boschetto di Sensibilie! – aggiunse Samah, ricordando la spiegazione del Professor Verdimius.
Le piante, al passaggio di Samah, Kalea, Diamante e Yara, sparsero una pioggia di fiorellini gialli, riconoscendo in loro le GUARDIANE scelte dal Potere di Incanto.
Le ragazze, entusiaste di fronte a quella calorosa accoglienza, si misero a ridere e a volteggiare nel bosco, finché Kalea non si fermò e balbettò tra sé e sé: – E adesso Nives dov'è finita?
La sorella, infatti, era di nuovo rimasta indietro. Sempre più tormentata da pensieri cupi, stava superando in quel momento il boschetto. Le Sensibilie percepirono il suo stato d'animo e diventarono

lo specchio dei suoi DUBBI e delle sue inquietudini. Non appena passò sotto le loro fronde, i rami si afflosciarono e i boccioli divennero grappoli di lacrime, facendosi scuri.

Nives si sentì *smascherata* e si affrettò ad allontanarsi dalle piante, ma il fenomeno non sfuggì a Kalea, che ormai non aveva più dubbi: sua sorella aveva *bisogno* di lei!

L'ABBRACCIO DI KALEA

Kalea corse subito dalla sorella per capire come poterla aiutare.
– Nives, avanti, dimmi che cos'hai...
– Perché me lo chiedi? A te che cosa interessa? – rispose la *sorella* piccata.
Kalea cercò di non rimanere delusa da quelle parole: era evidente che Nives stava soffrendo, sicuramente non pensava ***davvero*** quello che aveva detto.
Anche la sorella sembrava stupita dalle parole uscite dalla sua bocca, ma non riusciva a liberarsi dalla sgradevole **SENSAZIONE** che le altre le nascondessero qualcosa. Così dichiarò:
– Andate pure avanti senza di me!

Kalea le sussurrò dolcemente: – Non fare così... So che qualcosa ti turba. Le Sensibilie non mentono mai e al tuo passaggio sono diventate così tristi...
Samah, Diamante e Yara intanto le avevano raggiunte.
– Che cosa succede? – chiese la più piccola.
– Perché vi siete fermate? Dobbiamo seguire la Coccinella del Cammino!
– Proprio come pensavo... – sbuffò Nives.
– Che cosa vuoi dire? – le chiese Diamante.
– Siete interessate solo alla MISSIONE ormai. E pensate che io non sia all'altezza! Quindi, avanti, lasciatemi pure qui!
– Che cosa?! – esclamò Samah. – Non penserai davvero queste cose!
– E invece è così! – ringhiò Nives.
Kalea osservava la scena senza parole: non capiva che cosa stesse succedendo, ma sentiva che quella

non era la vera Nives! Loro erano cinque sorelle molto *unite* e quel legame era la cosa più importante per tutte loro... Doveva fare qualcosa per ricordarlo anche a lei, ma cosa?
Accanto al boschetto di Sensibilie scorreva un ruscello che, scivolando su un letto di ciottoli, produceva una rilassante *melodia*.
Kalea si mise in ascolto: adorava i suoni della natura. Quando accompagnava Yara nelle sue scorribande nei boschi di Arcandida, si divertiva a scovare nuovi rumori e a intrecciarli in armonie, come se gli alberi, il vento e i corsi d'acqua fossero tamburi, sonagli, violini.
A volte, tra i suoni della NATURA le sembrava di trovare le risposte alle sue domande. E anche quel giorno fu così. Improvvisamente, capì che cosa doveva fare e, d'istinto, *abbracciò* Nives.
La sorella si irrigidì, ma poi si sciolse sollevata nell'abbraccio.

Fu come se il veleno che si era insinuato dentro di lei fosse svanito d'un colpo, sconfitto dalla forza dell'affetto di Kalea.

Nives era attonita: come aveva potuto essere così sciocca e dubitare del legame con le sue sorelle?

– Scusate... – mormorò. – Mi sentivo così strana, non so proprio che cosa mi sia accaduto...

– Ma noi sì! – le rispose dolcemente Diamante.

– Che cosa?

– Mentre Kalea ti abbracciava, abbiamo visto volare via una Vespa della Discordia – spiegò Samah. – Sono rarissime!

– Ma molto pericolose! – continuò Yara.
– Rimangono attaccate alla loro preda e succhiano via tutti i pensieri positivi, restituendo in cambio solo DUBBI e paura!
Diamante concluse: – Solo un gesto di VERO AMORE può fermare la loro azione e metterle in fuga. Kalea ti ha salvato!
La ragazza arrossì: – Io ho solo fatto quello che mi sembrava giusto...
– Ed era proprio quello di cui avevo bisogno – le sorrise Nives con gratitudine. – Non dubiterò mai più di voi, ve lo prometto!

Un bosco incantato

Il viaggio sembrava non avere mai fine, eppure a ogni passo le sorelle sentivano una FORZA che le spingeva ad andare avanti.

Improvvisamente accadde qualcosa di molto strano: il sole si oscurò e tutto divenne buio.

L'unico faro che rischiarava la strada era la *Coccinella del Cammino*, che con la sua luce dorata dava conforto alle principesse.

Yara esclamò perplessa: – Un attimo fa il sole era alto nel cielo... Che cosa sta succedendo? Un nuovo attacco?

– Non lo so, ma non vedo più nulla. Non so nemmeno dove sto mettendo i piedi! – si lamentò Diamante.

– Forse è un'eclissi – ipotizzò SAMAH.

– Stiamo vicine e procediamo con cautela.

All'improvviso la Coccinella del Cammino rimase sospesa a mezz'aria e vibrò, spargendo una pioggia di scintille dorate.

– Guardate, la Coccinella si è fermata! – esclamò Nives. – Sembra che brilli più intensamente!

Anche le Cinque **GUARDIANE** allora si fermarono... appena in tempo! Davanti a loro si spalancava un burrone che aveva tutta l'aria di essere molto profondo.

– Non oso pensare a cosa sarebbe successo, se avessimo fatto anche solo un altro passo! – esclamò Kalea.

– Impossibile vederlo con questa oscurità – mormorò Nives.

Non appena ebbe pronunciato questa frase, al di là del burrone un bosco prese vita sotto il loro sguardo.

Si illuminò d'incanto, quasi i suoi alberi fossero abitati da migliaia di LUCCIOLE. Sembrava che fino a un istante prima quel luogo magico fosse immerso in un sonno millenario e ora si stesse risvegliando solo per loro.

Le principesse trattennero il respiro, nel timore di spezzare l'incantesimo, e rimasero ad ammirarlo in silenzio.

Ogni cosa era permeata di magia.

Ai rami degli alberi, al posto dei frutti pendevano grappoli di luce e un ruscello d'argento liquido serpeggiava in mezzo alla vegetazione.

Era uno spettacolo che ricordò alle principesse i giorni di festa, in cui ad Arcandida facevano volare le LANTERNE MAGICHE. Le accendevano tutte insieme e restavano alzate fino a tardi per guardarle perdersi in alto, fino a confondersi con le STELLE.

La coccinella continuò a volare
e si posò su un fiore nel bosco, luce tra le luci.
– Questa è la nostra destinazione... – mormorò
Samah, con la voce che tremava per l'emozione.
– Sì, il nostro lungo viaggio è finito – disse Kalea.
– E la meta è laggiù, in quel bosco.

Qualsiasi cosa le attendesse, le Guardiane sentivano che tra quegli ALBERI era celato l'ultimo segreto del Mago dell'Alba.
Fu in quel momento che le luci baluginarono con più intensità e poi si spensero di colpo.

Una misteriosa figura comparve nel mezzo del bosco.

Il Mago dell'Alba

Lieve e impalpabile come un sogno, il personaggio *misterioso* sembrò comparire dal nulla. Avvolto da un chiarore magico, prendeva forma davanti agli occhi increduli delle principesse. Era un uomo alto e dall'aspetto *imponente,* ma sembrava pronto a dissolversi in un soffio.

Le Cinque Guardiane rimasero con il fiato sospeso.

– Da... da dove è comparso? – mormorò Kalea, sbalordita.

– Il suo volto mi è familiare... – sussurrò Nives.

– Anch'io ho la stessa *sensazione* – disse Diamante, – ma non ricordo dove l'ho visto.

Fu Yara a risolvere l'enigma: – Ma certo! È l'uomo ritratto nel dipinto dello studio di Alden!
– Hai ragione! – confermò lei. – Ora lo riconosco. Ma... chi è?
L'uomo, sebbene la LUCE sembrasse avvolgerlo e proteggerlo, si faceva strada attraverso la vegetazione con passo concitato, quasi stesse fuggendo da un terribile pericolo.
Raggiunse in fretta un'altura che cresceva in mezzo a una macchia d'alberi e vi si INERPICÒ.
Poi tese le mani davanti a sé: tremavano.
Le principesse assistevano alla scena ammutolite, come spettatrici impotenti.
Infine parlò, con una voce che scosse le sorelle nel profondo: era così armoniosa che ogni foglia ne parve accarezzata, ma al tempo stesso suonava cupa e carica d'angoscia.
– Il pericolo è troppo grande, non c'è altra soluzione... – disse. – Ho infuso gran parte del mio

potere nella natura di *Incanto*, ma non sarà sufficiente. C'è un ultimo dono che posso lasciare, affinché il mio sacrificio non sia vano...

Le principesse si scambiarono uno sguardo meravigliato: possibile che quell'uomo fosse il leggendario *Mago dell'Alba*, l'antenato di Alden da cui tutto aveva avuto inizio?

Il mago riprese a parlare.

– Per il Potere di Incanto, che questo luogo diventi lo scrigno dei magici alleati dei Guardiani!

Dalle sue mani aperte prese a scorrere un fluido luminoso che si propagò per il bosco, animandolo. Tutto si soffuse di una calda luce: ogni sasso, ogni tenera foglia, ogni filo d'erba...

Poi, in un istante la luce si spense e il bosco sembrò di nuovo addormentarsi.

– Che cosa accade? – mormorò Samah, incredula. Con lo sguardo, indicò alle sorelle il sentiero che portava all'altura su cui si trovava il *Mago*. Qualcosa, all'orizzonte, sollevava una polvere sottile e azzurra. Lentamente le principesse distinsero delle sagome...
Decine e decine di splendidi ANIMALI uscivano da ogni angolo del bosco per radunarsi e avanzare verso il mago. Sembravano appartenere a specie che le principesse conoscevano, ma sprigionavano il fascino di **CREATURE LEGGENDARIE**.
Un branco di lupi scese da un pendio con passo leggero. La loro pelliccia era un manto in cui il bianco sfumava nell'*argento* e nel blu e gli occhi erano schegge di ghiaccio. Eppure trasmettevano un calore che ricordava la dolcezza dell'infanzia.
In un istante una fila di crisalidi si schiuse e ne uscì un arcobaleno di farfalle, mentre un branco di linci balzava giù dai rami di un MAESTOSO albero.

I felini, imponenti e sinuosi, distesero le zampe, risvegliandosi da un lungo sonno.
Dalle acque di un ruscello si alzarono guizzi d'acqua e le sorelle scorsero un gruppo di DELFINI dai dorsi lisci e lucenti.
Infine sul sentiero che portava all'altura comparve un gruppo di cavalli dal manto DORATO.
Con una voce resa grave e struggente dalla fatica di quell'incantesimo di evocazione, il mago mormorò: – Voi sarete i MAGICI ALLEATI di coloro che verranno chiamati a difendere Incanto. Siate coraggiosi, generosi e instancabili. Solo dall'unione con voi i Guardiani potranno trarre la forza per compiere la loro MISSIONE: proteggere Incanto per sempre!
Nell'aria echeggiavano ancora le parole del Mago dell'Alba, quando lentamente i suoi contorni cominciarono a farsi FLUIDI e le figure degli animali cominciarono a farsi indistinte.

SIATE CORAGGIOSI!

Poco a poco la visione sparì, come portata via dal vento, e il bosco tornò silenzioso e all'apparenza disabitato.

– Oh no... – mormorò YARA. – Sono spariti. Siamo rimaste sole!

Samah invece sorrise e scosse la testa: – Ti sbagli. **Non siamo sole. Non lo saremo mai più!**

Un antico legame

Nella penombra del bosco incantato, al di là del burrone si accesero nuovi scintillii.
Uno sfarfallio luminoso attirò l'attenzione di Diamante: – C'è ancora una *farfalla!*
Mentre fissava quel volo magico e delicato, sentì un nome risuonare nella sua mente.
Mormorò: – *Luna*...
Sentendo pronunciare il suo nome, la splendida creatura ricamò una danza di gioia nell'aria.
Nives incrociò uno sguardo nel buio: erano gli occhi di un maestoso lupo dal manto d'argento, che la fissavano dal folto del bosco.
– Sirio... Ti chiami così, non è vero? – sussurrò lei, stupita dalla sua stessa sicurezza.

L'animale chinò appena il muso, come se volesse annuire.

Di colpo, un delfino rosa spiccò un balzo dal ruscello nascosto nel cuore del bosco.

– Sol! – esclamò Kalea. – Che gioia conoscerti!

Yara guardò le sorelle, turbata. Stava per dire qualcosa a Samah, ma l'attenzione della maggiore delle sorelle era completamente assorbita da un destriero dal manto dorato, alto e fiero, comparso come per magia sul sentiero.

– Tu sei Astro – mormorò la principessa.

Il cavallo nitrì in risposta a quel richiamo.

– Che cosa vi sta succedendo? Come mai sembrate conoscere questi animali?

Ma proprio allora Yara vide scendere da una roccia seminascosta dalla vegetazione una lince che le sembrava di conoscere da sempre.

L'animale la fissò intensamente, come se attendesse soltanto una sua parola.

– Mira – disse semplicemente Yara, con il cuore che le martellava nel petto.
Le principesse si strinsero l'una all'altra, ammirando quegli animali magici.

Il Mago dell'Alba aveva offerto loro una visione di quel che era accaduto molto, molto tempo prima, per prepararle all'incontro più straordinario che potessero immaginare.

– Ecco qual era lo scopo di questo viaggio: riunirci alle creature magiche che ci accompagneranno nella nostra MISSIONE – commentò Nives, commossa.
– La fatica del nostro percorso è stata ripagata – disse Samah, senza staccare gli occhi dal manto luminoso del suo cavallo.
– Io non so come Mira mi abbia comunicato il suo nome, ma sento di doverla ABBRACCIARE –

disse Yara. – È come un richiamo a cui non posso resistere! Anzi, non voglio!
– Anch'io mi sento profondamente LEGATA a Sirio, in un modo che non riesco a spiegare – proseguì Nives.
– Sapete che io ho sempre mille dubbi su tutto – confidò Diamante, – ma non sono mai stata più sicura di qualcosa in tutta la mia vita: io e Luna saremo inseparabili!
– Ti capisco – mormorò Kalea. – Se solo potessimo attraversare questo BURRONE...
– Dobbiamo! – disse Diamante, risoluta.
– Dobbiamo raggiungere il bosco!
Yara si sporse per osservare il fondo del crepaccio, ma una pietra sul bordo *precipitò* nel vuoto.
– Non credo che sia una buona idea – osservò Samah, prendendo per le spalle la sorella più piccola. – Fai attenzione!
– Dev'esserci un modo – disse Nives.

Le sorelle si guardarono intorno, alla ricerca di un'idea... A un tratto, il loro sguardo fu catturato da una pietra seminascosta nell'erba.
La sua superficie era incisa di strani simboli tracciati con una punta rudimentale.
– Quella sembra un'ala – disse Diamante, indicando uno dei fregi.
– Sì – disse Nives. – E direi che le altre rappresentano una goccia d'acqua, una criniera, un occhio felino e una coda...

Fu l'istinto a guidare le sorelle: senza bisogno di dire nulla, si chinarono verso la pietra e, con un unico gesto, la toccarono.

Dal nulla, un ponte dorato si materializzò nell'aria, congiungendo i due bordi del CREPACCIO.
Finalmente le sorelle potevano attraversarlo: avrebbero raggiunto le creature magiche!

GUARDATE!

Il BOSCO dove le aspettavano i loro nuovi compagni fu percorso da una luce, che lo fece risplendere ancora più forte.
Ciascuna delle Guardiane aveva ormai compreso il legame con il proprio ANIMALE MAGICO e sapeva che non si sarebbe spezzato per nulla al mondo.
– Che cosa aspettiamo, sorelle? Andiamo! – esclamò Yara, lanciandosi spavalda in avanti per raggiungere Mira al più presto.
Per una volta, nessuna delle altre tentò di calmarla: avevano tutte lo stesso impetuoso desiderio di raggiungere quelle CREATURE, toccare i loro manti, specchiarsi nei loro occhi.
Ma l'istante prima che li raggiungessero, quando erano ancora sul ponte, un'inaspettata e violenta RAFFICA DI VENTO le fece indietreggiare.
Samah perse l'equilibrio e scivolò verso il crepaccio che si apriva sotto il ponte.

CHI È?
PRENDI LA MIA MANO!
CI SONO!

Riuscì ad aggrapparsi al bordo all'ultimo istante.

– Non guardare giù! – le disse Yara, porgendole la mano per aiutarla a issarsi.

Ma non appena Samah fu tratta in salvo, un'OMBRA scese dall'alto.

Venefica

Sopra al ponte magico planò una figura che fece rabbrividire le principesse.

Fino a quel momento, per le cinque sorelle le streghe erano solo personaggi di fiabe e leggende.

Ma la creatura che stava calando su di loro era più spaventosa di quanto avessero mai immaginato.

La sua pelle era liscia come quella di una bambola di porcellana, il suo volto impenetrabile e privo di espressione, i capelli bianchi fluttuavano nel vento.

– Il vostro gioco è durato abbastanza! Avete affrontato la Foresta dai Mille Volti e distrutto il mio gigante di neve! Ma non avete ancora fatto i conti con me: andatevene finché siete in tempo!

SPARITE!

La sua voce, tagliente come una lama, avrebbe potuto GELARE l'intera Incanto.
– Chi sei per parlarci in questo modo? – la affrontò SAMAH.
Gli occhi della strega rotearono come lucide biglie. Fu una visione che diede i brividi a Samah, ma non la fece indietreggiare di un passo.

– Nessuno a cui tu possa osare rivolgerti così! Ve lo ripeto: tornatevene a casa.

Le principesse videro che gli animali cercavano di avanzare verso di loro, ma erano trattenuti da un'invisibile forza maligna.
Fu nei loro occhi che le ragazze trovarono il coraggio per gridare all'unisono: – No! Mai!
– Egor mi aveva avvisato che le Guardiane avrebbero opposto resistenza – disse la STREGA.

– Potete dire addio ai vostri animali, perché quelli li prendo io.
– Stai lontana da loro! – urlò Kalea. Si sentiva pronta a qualunque cosa per proteggere Sol e gli ANIMALI MAGICI delle sue sorelle.
– Spostati e lasciaci passare, sei tu che stai intralciando la nostra strada – aggiunse Yara.
Il viso della strega rimase un'impassibile maschera bianca, mentre la sua voce SCOSSE il terreno, rivelando la furia che le ribolliva dentro: – Adesso mi avete stancata! Avete voluto sfidare la potente VENEFICA! Come avete osato? Preparatevi ad assaggiare la mia ira!
Poi la strega sollevò una mano ad artiglio.
L'aria prese a mulinarle intorno in un vortice sempre più violento.
Poi, con un gesto fulmineo, la strega abbassò il braccio e scagliò un potente tornado contro le principesse.

Le Cinque Guardiane furono scaraventate all'indietro, in mezzo al prato da cui erano arrivate, ma per fortuna il manto erboso ne attutì la caduta.

– **State tutte bene?** – si preoccupò Samah, rialzandosi.

– Sono ancora intera – disse Diamante.

Anche le altre sorelle stavano bene, ma erano turbate dalla crudeltà che animava quella strega.

– Perché ci fai questo? – gridò Yara.

Venefica la scrutava con sguardo impassibile, ma la sua voce emanava disprezzo.

– Sono qui per conto del mio padrone, il potente e oscuro EGOR. Sono venuta a porre fine all'illusione del Mago dell'Alba! È tempo che il Potere di Incanto si arrenda al più forte e si abbandoni al destino che attende sempre ogni cosa: il male, il decadimento, le TENEBRE!
– Ti sbagli! – gridò Kalea. – Non c'è nessun destino malvagio che attende Incanto. Noi custodiremo e proteggeremo il Potere di Incanto fino all'ultimo istante!
– Quante belle parole – rise Venefica. – Se potessi piangere lo farei, credetemi. Ma vedete, il mio cuore è proprio come i miei occhi: freddo e... vuoto! Per questo non proverò il minimo rimorso quando vi schianterò contro quegli alberi.
La strega emise il RINGHIO di una belva e chiamò a raccolta un vortice impetuoso. Questa volta lo scagliò con ancora più forza contro le cinque principesse.

Uno schianto risuonò nel BOSCO, quando le Guardiane furono sbalzate via e sbatterono contro gli alberi.
Sconvolte, guardavano la loro perfida nemica roteare nell'aria.
– Non potete nulla contro la grande Venefica! – tuonava nel cielo, sicura della vittoria.
Le principesse si rialzarono a fatica.

Nei loro occhi c'era la stessa, disperata domanda: la loro vita, la loro missione come Guardiane era già finita?

Amici e alleati

Diamante mormorò: – Sorelle... non ci sono difese contro questa strega. Non abbiamo alcuna possibilità di vincere!

– I suoi tornado sono devastanti – ammise Nives.

– Dev'esserci un modo... – sussurrò Yara. – Mi rifiuto di arrendermi così!

Venefica si godeva i loro sguardi smarriti e danzava nel cielo, spavalda.

Fu in quel momento che gli animali magici scelti dal *Mago dell'Alba* riuscirono a forzare la barriera con cui la strega li teneva lontani.

Il cavallo, la lince, il delfino, il lupo e la farfalla attraversarono il ponte e raggiunsero le loro principesse.

Luna volò sulla spalla di Diamante, Mira corse da Yara e un **ruscello**, dove nuotava Sol, comparve ai piedi di Kalea. Astro chinò la testa davanti a Samah e Sirio appoggiò il ***muso*** sulla mano

di Nives. Per un momento, il TEMPO sembrò fermarsi e la gioia attraversò i cuori delle principesse. Non erano più sole e inermi davanti alla spietata Venefica... *potevano farcela!*

Una nuova grinta dissolse ogni traccia di sfiducia: le Guardiane, rincuorate e pronte alla battaglia, si schierarono al fianco dei loro compagni magici. Il ghigno di VENEFICA si spense all'istante.

– Vi avevo avvertito! – tuonò la strega piena di rabbia. – Ora insieme a voi pagheranno anche i vostri amati ANIMALI!

Alzò una mano e nell'aria crepitarono lampi abbaglianti, mentre il cielo si gonfiava di nubi scure che si avvitarono in un tornado devastante.

Il vortice generato da Venefica calò in picchiata verso le principesse, sradicando gli alberi al suo passaggio.

Ma le Guardiane erano pronte: con i sensi acuiti e i riflessi più SCATTANTI grazie alla presenza degli animali, furono più rapide del tornado e si spostarono in tempo per non esserne travolte.

Il Vortice si schiantò contro una roccia, sgretolandola come un guscio vuoto.
Le cinque sorelle si guardarono sconvolte, chiedendosi che cosa fare. Astro, invece, non attese un secondo tornado: si impennò e, sotto lo sguardo esterrefatto delle principesse, si alzò in volo verso la strega!

ALL'ATTACCO!

– Astro sa volare! – mormorò Samah emozionata, ammirando la scia magica che il cavallo lasciava dietro di sé.

L'animale scalciò con i suoi zoccoli per colpire Venefica, ma lei lo afferrò per la criniera e con uno slancio gli balzò in groppa.

– *Attento!* – gridò Samah, impotente.

– Una cavalcatura veloce mi tornerà utile! – ghignò

Venefica, impennandosi con una risata beffarda. E dall'alto del suo nuovo destriero, lanciò un tornado ancora più impetuoso verso le Guardiane e i loro animali.

– Dobbiamo salvare Astro! – gridò Samah.

La strega stava per SCAGLIARE un altro tornado, quando l'acqua del ruscello si mosse e si increspò con un gorgoglio: dalla sua superficie si sollevò un VORTICE D'ACQUA potentissimo, che si avvitò intorno al vortice d'aria.

Era stato Sol, il delfino di Kalea!

Per lunghi attimi aria e acqua si intrecciarono in una lotta feroce. A Venefica tremavano le mani: era in difficoltà, non riusciva a resistere alla forza dell'animale magico!

Finalmente l'acqua vinse e il tornado si dissolse, neutralizzato dall'attacco di Sol.

– Cosa credi di fare? – ringhiò Venefica, fuori di sé dalla rabbia. Stava perdendo la calma glaciale

con cui aveva dato inizio alla
battaglia e le principesse
lo presero come un buon segno:
non era più così sicura di sé
e cominciava a temere i loro
animali magici!
Venefica scagliò un nuovo tornado
contro Sol. Questa volta fu Luna
a intervenire: le sue ali sfavillarono

e con un battito energico creò una corrente in direzione della STREGA.
Venefica vacillò, investita dall'energia della farfalla che le aveva restituito il tornado con potenza ancora maggiore.
– Bravissima, Luna – esclamò Diamante, sorpresa dalla forza che quell'essere delicato era in grado di sprigionare.
– Dobbiamo trovare un modo per difenderci – disse SAMAH, approfittando del momento di difficoltà della strega.

– Noi siamo le Cinque Guardiane! – esclamò a un tratto Nives. – Non lasciamoci intimidire! Ricordate le parole di Alden?

– Dobbiamo fidarci del Potere di Incanto – annuì Yara con convinzione.

– Il Potere è custodito in ogni elemento naturale che ci circonda. È qui, intorno a noi... – rifletté Kalea. – Dobbiamo solo capire come riuscire a utilizzarlo!

Come in risposta ai loro dubbi, sentirono fremere la terra sotto di loro. Nello stesso istante la strega scese in picchiata. Le avrebbe annientate, ma all'improvviso il terreno si spaccò e ne scaturirono enormi radici.

Noooo!

Si protesero verso la STREGA e le strinsero le caviglie, allontanandola dalle principesse e disarcionandola da Astro.

L'animale magico era di nuovo libero!

Il Potere di Incanto aveva risposto al loro richiamo!
– Lasciatemi! – gridava Venefica, prigioniera delle radici che la stringevano in una morsa e la tenevano sospesa nell'aria.
Sbarrò gli occhi e fissò il cielo, che divenne cupissimo: un vortice colpì le radici, facendole avvizzire e riducendole in polvere.
Non appena fu libera, la strega spalancò sulle principesse uno SGUARDO DI FUOCO.
– Vi sentite tanto in sintonia con la natura? – tuonò. – Vediamo come ve la cavate con... questi!
Una violentissima pioggia di lampi si abbatté su ogni cosa.

ADESSO BASTA!
ATTENTE!
OH NO!

IL CIELO RIMBOMBÒ COME SE VI ROTOLASSE UN MACIGNO DI PIETRA, E LA STREGA SCATENÒ SUL BOSCO LA SUA VENDETTA.

L'aria fischiava e ruggiva e le sferzate erano così violente che le principesse dovevano aggrapparsi l'una all'altra per non perdere l'equilibrio.
Venefica generava lampi e tornado con l'abilità di un direttore d'orchestra, evocandoli con una mano e scagliandoli con l'altra.
– È troppo forte – disse Samah, cercando riparo con le sorelle. – Non ho mai visto un essere così spietato!
Le Guardiane e gli animali si acquattarono dietro una grossa roccia, per prendere tempo ed elaborare una strategia.
– Il nostro attacco non è bastato – disse SAMAH.

– E non ho idea di come richiamare il Potere di Incanto un'altra volta... Voi?

– *Nemmeno io* – sospirò Nives. – Forse ci verrà di nuovo in aiuto al momento giusto?

– Ma non possiamo rimanere qui ad aspettare che qualcosa ci salvi... Siamo o non siamo le Guardiane? Siamo noi che dobbiamo salvare Incanto! – protestò Yara, IMPAZIENTE.

Kalea mormorò:

– Sì, però non siamo crudeli come questa strega. Come potremo sconfiggerla?

A un tratto un'intuizione accese gli occhi di Samah.

– Cosa ti passa per la testa? – le chiese Yara.
– La Sensibilia! – esclamò Samah. – Ricordate il boschetto di Sensibilie che abbiamo incontrato lungo il viaggio?
– Certo – rispose Diamante.
– E ricordate che la pianta ha la capacità di entrare in sintonia con l'anima di chi la circonda?
– Giusto. Quando Nives era triste per colpa della Vespa della Discordia, la pianta ha assunto la forma delle sue emozioni – confermò Kalea.
– Proprio per questo dobbiamo attirare la strega laggiù! – concluse Samah. – Non è lontano, possiamo farcela.
Le sorelle la guardarono senza capire fino in fondo il suo piano.
La principessa spiegò: – Se la strega si avvicinerà alle Sensibilie, le piante percepiranno la sua crudeltà e forse risponderanno con altrettanta FEROCIA... mettendola fuori combattimento!

Yara esclamò: – Come abbiamo fatto a non pensarci prima? È una grande idea!
– Forse c'è una speranza! – esultò Diamante.
– Ma è anche rischioso – aggiunse Samah.
– Le Sensibilie potrebbero diventare malvagie come la strega... ma attaccare noi e non lei! Venefica ha già usato la NATURA contro di noi!
In quel momento la strega lanciò un tornado che infranse la roccia dietro cui si erano riparate.
– Non abbiamo scelta – esclamò Samah. – C'è un rischio e noi dobbiamo correrlo!

Una pianta famelica

Venefica rimase spiazzata, quando vide le Guardiane scattare in piedi e iniziare a fuggire.
– **Dove credete di andare?** – sibilò. Poi le sue urla si trasformarono in una profonda risata.
– Non credo ai miei occhi! Le gloriose custodi del *Potere di Incanto*... se la danno a gambe?
– Non badate a lei: seguitemi da questa parte! – disse Samah alle sorelle, lanciandosi in una corsa a perdifiato verso le Sensibilie, con i loro alleati magici sempre accanto.
VENEFICA le seguiva dall'alto, continuando a schernirle per quella che aveva interpretato come una poco eroica ritirata. – Sono ammirata da tanta audacia! Il Potere di Incanto ha un fiuto infallibi-

le per le sue fiere PALADINE, non c'è che dire!

Poi rise ancora più forte:

– Grande e sommo Mago dell'Alba, ammira la potenza delle tue GUARDIANE! Guarda con quale impeto combattono le FORZE DEL MALE!

Le sorelle però non coglievano le sue provocazioni, totalmente concentrate sull'obiettivo, e Venefica cominciò a irritarsi.

– Era da tempo che non mi divertivo così, ma è ora di farla finita. Tornado, a me!

Ed evocò dal cielo una tempesta di violentissimi vortici d'aria, che piombarono su di loro come una pioggia incessante. Sembrava che non si esaurissero mai!

Le principesse e gli animali magici li respingevano come meglio potevano, ma sentivano che la strega stava per sferrare il colpo decisivo.

– Ancora un ultimo sforzo, il boschetto è laggiù! – disse Samah, intravedendo i boccioli delle Sensibilie tra la vegetazione.
– Non ho voglia di inseguirvi fino alla fine dei miei giorni – sibilò Venefica. – Addio, principesse.
A quelle parole il cielo si spalancò, pronto a rovesciare sulle Guardiane l'ATTACCO finale.
Ma le sorelle erano riuscite nel loro intento: Venefica era ormai vicinissima alle Sensibilie.
– Ora non ci resta che sperare di aver avuto l'idea giusta – disse Samah.

Non appena percepirono l'ondata di **malvagità** della strega, le Sensibilie ondeggiarono e la loro forma mutò. Le foglie divennero nere, gigantesche, fameliche, e gli steli si ingrossarono, torcendosi come SERPENTI.

Le principesse assistevano alla scena con trepidazione: chi sarebbe stata la vittima delle Sensibilie? Loro o la STREGA?

Non dovettero attendere per scoprirlo: i boccioli della pianta si trasformarono in BOCCHE che si spalancarono a dismisura, mordendo l'aria. Poi scattarono contro la strega!

– Sì! – gridò Yara.

Una bocca riuscì ad afferrare un lembo della veste di Venefica e la tirò verso il basso.

Poi uno stelo GUIZZÒ rapido e la agguantò, avviluppandosi intorno alla sua caviglia.
– Cosa... – balbettò la strega, inorridita.
I rami delle Sensibilie si AGGROVIGLIARONO intorno a lei, avvolgendola completamente.
– Una trappola! – ringhiava la strega, ma a nulla valevano i suoi tentativi di liberarsi.

– Hai sbagliato a sottovalutarci, Venefica – disse SAMAH. – La natura è dalla nostra parte... ed è tutto ciò di cui abbiamo bisogno.

Le Sensibilie fecero ondeggiare gli steli e scagliarono più volte VENEFICA a terra.

La stregua non si mosse per un attimo, poi esplose di rabbia. – Ora vi distruggerò, voi e questa orrida pianta!

Addio, strega!

Venefica scatenò una tempesta a cui le Sensibilie rispondevano con la stessa ferocia: sembrava che avessero assorbito l'anima della strega, trasformandosi in una sua copia altrettanto potente.
I petali si muovevano come mani, i boccioli digrignavano i denti e gli steli sciabolavano nel vento, in un concentrato di malvagità.
Quando videro gli animali magici disporsi accanto a loro, le Guardiane intuirono che era giunto il momento di agire.
In quell'istante il *Potere di Incanto* si risvegliò: le piante si illuminarono, il flusso del Potere innervò ogni fibra e amplificò a dismisura l'energia di ogni Sensibilia, trasformando ogni pianta in

una guerriera imbattibile. La natura era di nuovo venuta in aiuto delle principesse!
Le Sensibilie ora assestavano colpi molto più potenti e alle principesse sembrava di sentire scorrere il potere degli elementi naturali nei loro corpi, pieni di una nuova e luminosa ENERGIA.
Venefica faceva sempre più fatica a rispondere all'attacco, ma non aveva nessuna intenzione di arrendersi.
– Ora basta. Non saranno certo due PIANTICELLE a darmi filo da torcere – ringhiò la strega. – È arrivata la resa dei conti!
Raccolse tutte le FORZE che le restavano e tese una mano al cielo. A quel comando disperato, le nubi, gonfie e oscure, rigurgitarono un tornado così devastante che avrebbe potuto sradicare l'intero bosco.
– Vediamo se sapete resistere a... questo! – gridò la strega, gli occhi sbarrati dalla furia.

Ma mentre l'aria mulinava implacabile verso le principesse, le Sensibilie, sempre più agguerrite e minacciose, ghermirono la strega e... BAM!
La spinsero dritta nel ventre del tornado.
– Nooooooo! – gridò lei, incredula. – Non è possibile! Non posso essere sconfitta!
– Invece sì – esclamò Diamante. – Vieni ripagata con la tua stessa CATTIVERIA!
La strega non poté rispondere, inghiottita dalle spire del tremendo vortice d'aria che lei stessa aveva generato.

I SUOI RINGHI FURIOSI SI SPENSERO RISUCCHIATI DAL TORNADO.

Come se la furia del vortice avesse avuto ciò che desiderava, in un istante il vento cessò, il cielo si rasserenò, le nubi si rischiararono e le terribili Sensibilie tornarono a essere placide piante.

NON È POSSIBILE!

Grazie a loro e al Potere di Incanto, VENEFICA era stata rispedita nel luogo oscuro da cui era venuta!

– Ragazze, non ci credo! Ce l'abbiamo fatta! – disse YARA.

La ragazza cercò Mira e trovò conforto nel calore della sua pelliccia.

– Abbiamo trovato la forza solo grazie al vostro aiuto. Siete davvero animali magici incredibili... – mormorò Kalea, accarezzando il delfino. – Senza di voi non saremmo mai riuscite a sconfiggere Venefica. Non avremmo saputo come fare!

Nives annuì e affondò il viso nel manto di Sirio: sentiva di aver trovato un amico vero.

Diamante mandò un bacio alla sua Luna, che le volò intorno *festosa,* e Samah si strinse al petto di Astro.
Mentre godevano di quel momento di felicità, una scintilla brillò davanti a loro e le principesse videro comparire dal nulla cinque *ciondoli.*

Cinque ciondoli magici

I ciondoli si materializzarono al collo di Sirio, Astro, Mira e Sol. Il quinto apparve sopra la corolla del fiore su cui si era posata Luna.
Erano *gioielli* bellissimi, formati da scintillanti pietre preziose incastonate nell'oro e appese a un laccio di pura seta.
Ognuno raffigurava l'ANIMALE MAGICO a cui apparteneva e aveva il colore preferito della principessa che lo riceveva in dono.
– Chissà di quali pietre si tratta... non le ho mai viste! – si interrogò Diamante, ammirandone la superficie levigata.
– Credo che siano *pietre uniche*, proprio come i nostri animali magici – mormorò Samah.

Diamante annuì: – Sì, probabilmente hai ragione... Sono come il RUBINO DEL CORAGGIO, ma ancora più speciali.

Gli animali magici mormorarono una sorta di invito, ognuno in modo diverso: chi facendo le fusa, chi con un basso nitrito e chi emanando una luce con le ali.

– Sono... per noi? È questo che volete dirci? – chiese Kalea a Sol, che guizzava nell'acqua del torrente, facendo dondolare il ciondolo sulla punta del muso.

Il delfino le comunicò che sì, erano proprio un REGALO per loro. E quando Kalea fece per prenderlo... le spruzzò un piccolo getto d'acqua sulla mano!

– Ehi! – esclamò la ragazza.

Sol emise dei versi divertiti e si impennò sulla coda, giocando con la superficie del ruscello.

– Pare che Sol ami gli scherzi! – disse Samah.

Stupendo!
Wow!
Grazie!

MERAVIGLIOSO!
LO METTO SUBITO!

– Già! – disse Kalea... e rispose al delfino lanciandogli uno schizzo d'acqua.
Le sorelle scoppiarono in una risata fragorosa: ci voleva, dopo la tensione dello scontro!
Poi si fecero serie e tutte finirono per allacciarsi al collo i ciondoli. Non appena le pietre sfiorarono il petto, risplendettero di una LUCE soffusa.
Le Guardiane furono pervase da un benessere ancora più profondo: compresero che quei ciondoli erano il simbolo della loro unione con gli animali magici che il Mago dell'Alba aveva scelto per loro.
Sentirono che quelle magiche creature non le avrebbero mai abbandonate. Insieme avrebbero affrontato qualsiasi minaccia... Quella contro Venefica era stata solo la prima delle battaglie che avrebbero dovuto combattere!
Ora e soltanto ora sentivano di aver accettato fino in fondo il loro nuovo destino e di aver trovato

la forza necessaria per difendere Incanto dalle forze oscure.

Un brusio familiare distolse le principesse da quel momento magico.

– La Coccinella del Cammino! – disse Yara.

L'insetto guida era rispuntato nel cielo, invitandole nuovamente a seguirlo.

– Credo ci stia dicendo che è ora di tornare – disse Samah. – E non è la sola.

Guardò la clessidra che Alden le aveva affidato: restava solo un pugno di granelli a separarle dall'ora fatidica!

Le principesse si congedarono dalle creature incantate, provando già una fitta di NOSTALGIA al pensiero di non averle sempre accanto.

Ma i ciondoli che portavano al collo le rassicurarono: sarebbero sempre rimaste in contatto, oltre i giorni e le distanze, pronte a RIUNIRSI a loro nei momenti di bisogno.

Presero la via di casa, mentre gli animali si incamminarono verso il BOSCO MAGICO.

Le principesse si voltarono un'ultima volta a guardarli.
Sembrava impossibile averli appena conosciuti.
Ed era impossibile, ormai, pensare di separarsene.

Una vecchia conoscenza

Alden camminava inquieto nella Stanza dei Segreti, ma quando sentì il ronzio della coccinella capì: le Cinque Guardiane erano tornate!
Non appena le vide attraversare il varco magico si inchinò al loro cospetto.
– Vi siete dimostrate degne di essere vere GUARDIANE – disse con solennità. – Ho pensato a voi cinque ogni singolo istante, da quando siete partite. E anche se temevo per la vostra vita, il cuore mi ha sempre detto che ce l'avreste fatta!
Le principesse si guardarono l'un l'altra: i loro vestiti erano macchiati di fango, avevano graffi qua e là ed erano stremate dopo il lungo viaggio, ma si sentivano soddisfatte come non erano mai

state. Aver affrontato quell'avventura insieme le aveva unite ancora di più e aveva donato loro una consapevolezza nuova.
Il Mago Bianco condusse le ragazze di fronte alla GLOBOSFERA: l'ombra era scomparsa dalla sua superficie, che ora mostrava il cielo limpido sopra le Terre di Incanto.
– La pace è tornata di nuovo! Grazie a voi, siamo salvi... SOLO GRAZIE A VOI!
– È stato anche merito dei nostri animali magici – disse Samah.
– Abbiamo combattuto una dura battaglia, ma alla fine abbiamo sconfitto VENEFICA – mormorò Nives, ancora incredula.
Le sorelle raccontarono ad Alden tutte le tappe dell'incredibile viaggio che le aveva condotte fino agli animali magici, la visione del Mago dell'Alba, lo scontro con la strega mandata da Egor e infine come l'avevano sconfitta grazie alle Sensibilie.

Evviva!
Ce l'avete fatta!

Alden ascoltava concentrato ogni singola parola, ma a un tratto i suoi occhi si fecero assenti, persi in un ricordo lontano.
– EGOR... – disse, guardando il quadro del Mago dell'Alba.
Nives fece la domanda che tutte desideravano porgli: – Chi... chi è?
Il MAGO BIANCO esitò, poi invitò la Coccinella del Cammino a posarsi sulla sua mano. Ne ammirò i riflessi dorati nei più piccoli dettagli, come se fosse al cospetto della creatura più maestosa di tutta Incanto.
– La *bellezza* risplende in ogni forma di vita – disse. – Ma è vulnerabile e può volare via in un istante. Il momento in cui l'ho compreso più a fondo è stato quando un Mago Oscuro è stato sul punto di distruggerla: Egor.
– *L'hai incontrato?* – chiese Kalea.
– È una mia vecchia conoscenza – disse il Mago

Bianco. – Molti sono passati dalla sua parte, rinunciando al bene. Ha radunato un gruppo intorno a sé, tra cui la STREGA che avete incontrato sul vostro cammino, Venefica... Un tempo aveva la possibilità di volgere gli elementi a favore della natura, ma ha scelto di scatenarli per seminare distruzione, al servizio del Mago Oscuro.

– Ma lui dov'è? – chiese Yara. – Perché non ci ha attaccato di persona?

– Si sta preparando. Tornerà. Con il tempo si è dotato di un esercito molto potente, composto di spaventose Ombre.

Le sorelle guardarono il loro mentore, confuse. Dopo essersi battute contro una strega che lanciava tornado, le Ombre sembravano *avversari* molto più facili da sconfiggere.

– Possono assumere qualunque forma e sono molto *pericolose* – aggiunse Alden, interpretando i loro sguardi. Dopo un istante, cambiò tono e disse: – La vostra missione è solo all'inizio, Guardiane: ci sarà tempo per conoscerne ogni aspetto e dovrete imparare molto. Ma la cosa più importante ora è che oggi il male è stato arginato! La prima *battaglia* è vinta. Ciò che conta è che avete svelato l'ultimo segreto del Mago dell'Alba e trovato i vostri animali magici!

– Sì – disse Yara, mostrando al Mago Bianco il *ciondolo* che le aveva donato Mira.

Le sue sorelle fecero altrettanto e Alden prese ciascun gioiello tra le mani, studiandolo nei minimi dettagli con rispetto e attenzione.

– Come faremo a ritrovarli, quando avremo bisogno di loro? – chiese Nives. – Come dobbiamo usare questi AMULETI?

– I ciondoli si illumineranno ogni volta che desidererete *evocarli*. Basterà pensarli intensamente e verranno in vostro soccorso. Ma la luce nei ciondoli indicherà anche gli attacchi del male, in modo che possiate intervenire e proteggere Incanto con tutte le vostre FORZE.

Le sorelle strinsero i ciondoli tra le dita e videro con stupore che si erano illuminati per un istante.

– Il male sta attaccando di nuovo? – esclamò Yara.

– No – rispose Alden con un sorriso rassicurante.

– Ora i vostri animali magici desiderano salutarvi e dirvi che saranno sempre con voi.

Ovunque siate e ovunque andrete.

Il risveglio di Incanto

Il mattino seguente, Incanto si svegliò piena di energia: il MALE era stato respinto e la natura festeggiava il ritorno alla pace in un'esplosione di suoni e colori, godendo della *serenità* ritrovata. Anche il rigoglioso giardino dell'accademia, disseminato di piante profumate e corolle variopinte, si aprì al dolce sole di fine estate. Ogni foglia, ogni stelo d'erba, ogni goccia di rugiada ora serbava il segreto di cinque magiche guardiane, pronte a custodire con tutte le loro forze quella preziosa armonia.

Cinque Guardiane che, adesso, erano di nuovo semplici studentesse e si mescolavano alle principesse e ai principi che affollavano i corridoi dell'Accademia Reale.

Gli studenti erano ancora più emozionati rispetto al giorno dell'arrivo: ora dovevano *presentare* davanti a tutta la scuola i risultati della prima ricerca assegnata dai professori!

Alden aveva indossato di nuovo i panni del preside e si era presentato in aula magna con il viso disteso, indossando un elegante panciotto di velluto.

Nulla avrebbe mai lasciato pensare che fosse un Mago Bianco, custode di poteri magici e in prima linea nella lotta contro il Male!

Il preside salì sul palco e annunciò: – L'escursione nelle nostre *Terre* è stata la vostra prima attività da studenti dell'accademia. Siete pronti a raccontare o mostrare ciò che più vi ha colpito della natura di Incanto?

– Che cosa ci ha colpito? Venefica davanti al ponte dorato... ma poi siamo noi che abbiamo colpito lei! – bisbigliò Yara alle sorelle.

– Venefica? Che cos'è? – chiese *Lisabel*, sbucando all'improvviso accanto alle sorelle.

– Ehm, nulla! – si affrettò a rispondere Samah.

– Una pianta molto, molto velenosa!

Poi sgranò gli occhi verso Yara: dovevano stare attente a non farsi scoprire!

– Abbiamo fatto una ricerca sulla Sensibilia – tagliò corto Diamante, per cambiare argomento.

Le sorelle si scambiarono uno sguardo complice: la scelta non poteva che cadere sulla pianta grazie alla quale erano riuscite a salvare Incanto!

Con l'aiuto di VERDIMIUS, la Sensibilia che avevano osservato nella Serra delle Piante Perdute e Dimenticate era stata trasferita in aula magna, in modo che potessero mostrarla ai compagni.

– Io invece ho realizzato un disegno: è la scena dell'attacco del Beccorovente – spiegò Lisabel.

– Quello è stato un momento indimenticabile!

E mostrò loro un ritratto del rapace che stava calando su Nives... difesa da Cantor!

Nives arrossì: il disegno non era esattamente un'opera d'arte, ma era molto evocativo!
– Cos'è, un tacchino? – commentò ANYA scrutando il foglio.
– Forse hanno più talento le spine che vi hanno disegnato... quelli! – aggiunse, indicando i lievi graffi sulle braccia delle sorelle lasciati dallo scontro con Venefica.
Kalea si coprì istintivamente le braccia, mentre Diamante sbottò: – Hai proprio una gran faccia tosta! Senti chi parla!
Anya cercò di nascondere i cerotti che le tappezzavano le braccia dopo il capitombolo nel rovo e disse: – Bah, la natura selvaggia non è un ambiente adatto a delle vere principesse! Per tutta la vita mi sono sempre spostata comodamente in carrozza con i miei genitori e non vedo perché dovrei smettere di farlo adesso! Ora scusatemi, ma voglio ripassare la mia ricerca sui giardinieri

reali di *Rivabianca:* le siepi potate e i prati tagliati con precisione sono la sola natura con cui una fanciulla di sangue blu dovrebbe avere a che fare. Sono certa che Alden la apprezzerà certamente più di questo... **SELVATICUME!**

Mentre Anya si alzava in piedi per salutare con aria di sufficienza le ragazze, la Sensibilia dietro di lei tese i rami verso l'alto, *drizzò* le foglie e i suoi boccioli gialli parvero bocche che blateravano a vuoto.

– La Sensibilia è entrata in modalità Anya! – rise divertita Yara.
– Già, è diventata altezzosa proprio come lei – aggiunse Lisabel.
Le principesse si unirono in una risata, ma quando fu il momento di presentare la loro ricerca, una di loro fu colta dall'agitazione...

LA SENSIBILIA INNAMORATA

Le guance di Nives erano un incendio: aveva perso la sua tipica calma, al pensiero che Cantor era in prima fila... e stava guardando proprio lei!

E il fatto che anche Madame Plumage e Verdimius la stessero fissando di certo non aiutava...

Le principesse salirono sul palco, portando tutte insieme il vaso.

– L'elemento che ci ha colpito più di tutti della natura di Incanto è la Sensibilia – esordì Samah. – È una pianta dalle caratteristiche sorprendenti! La sua capacità di entrare in risonanza coi sentimenti delle persone è da sempre una RISORSA affascinante, che può rappresentare un aiuto inaspettato ma anche un pericolo nascosto...

Verdimius ascoltava con un sorriso soddisfatto e fece un cenno di ASSENSO.

Non stavano andando affatto male!

Poi fu Nives a prendere la parola: – Infatti, la Sensibilia può riflettere la gioia e la felicità, ma anche la rabbia e la cattiveria. Per questo... per questo...

Il suo sguardo incrociò quello di Cantor, che la osservava rapito: le parole le si incepparono, non riusciva più ad andare avanti!

– Per questo ricordatevi sempre di avere sentimenti super positivi, quando passate vicino a una Sensibilia! – concluse Diamante, salvando la gemella.

– Ottimo lavoro! – si congratulò Verdimius, mentre Alden rivolgeva alle sorelle un sorriso complice.

Nives stava per sgattaiolare giù dal palco, quando sentì la voce gentile di Cantor. Si stava rivolgendo proprio a lei!

– La vostra ricerca era davvero interessante – si complimentò il principe.

– Grazie – mormorò Nives. Le farfalle che sentiva nello stomaco erano così tante, ora, che temeva di alzarsi in volo fino al soffitto.

Persi l'uno negli occhi dell'altra, i due ragazzi non si erano accorti che i rami della Sensibilia, alle loro spalle, avevano assunto la forma di un grande cuore.

– Ah, i misteri dell'amore – sospirò Kalea, guardandoli con occhi sognanti.
– Qui per me non c'è nessun mistero – disse Diamante con un sorriso: – Nives e Cantor si sono proprio presi una *bella cotta!*

Le principesse si scambiarono un'occhiata divertita e lasciarono i due soli a parlare, balbettare o qualunque fosse il **linguaggio** di quel nuovo sentimento che stava nascendo.
Delle brave sorelle sapevano restare *unite*, ma capivano anche quando era il momento di farsi da parte: e quello era un viaggio che Nives avrebbe affrontato da sola...

Sapendo però di poter sempre contare su di loro!

Per sempre insieme

Come ogni sera da quando erano tornate dalla loro prima missione, le *sorelle* erano così eccitate che non riuscivano a prendere sonno.
La scoperta della loro nuova identità, l'incredibile viaggio culminato nell'incontro con gli ANIMALI MAGICI...
Come potevano riposare?
– Terzo giorno da Guardiane: le nostre *eroine* non hanno ancora risposto a interrogativi fondamentali... – disse Yara.

– Come dormono le Guardiane? Come mangiano? Come vivono? Come parlano? Come...
– Come hanno sempre fatto – le rispose SAMAH con un sorriso.
– Sorellona, fai la dura, ma so che anche tu fai fatica ad addormentarti ogni sera! – ridacchiò Diamante.
– Per forza! – esclamò Samah. – Se penso a tutte le difficoltà che abbiamo affrontato... La Foresta dai Mille Volti, la creatura di neve, Venefica. Prima le nostre *preoccupazioni* erano studiare, imparare a stare a tavola e comportarci bene, mentre ora dobbiamo sconfiggere le forze del male!
– E ci siamo riuscite, stando unite – disse Nives.
YARA annuì con fierezza: – Se lo sapesse Madame Plumage... Però sicuramente ci avrebbe criticato, perché dopo la battaglia con Venefica eravamo un po' in disordine!
Le sorelle risero insieme.

– Ma il pericolo tornerà su *Incanto* – mormorò Samah guardando il buio oltre la finestra.
Le stelle vi galleggiavano come piccole barche lontane, su rotte che nessuno conosceva.
– *Mi mancano...* – mormorò Kalea a un tratto.
Non ci fu bisogno di aggiungere altro: le principesse capirono a cosa si riferiva.
– Chissà come staranno, nel loro BOSCO magico – sospirò Yara.
In quell'istante, un bagliore rischiarò la stanza e le sorelle si scambiarono uno sguardo meravigliato:

i ciondoli si erano illuminati per un breve attimo!

Le principesse li presero tra le mani: li conservavano ciascuna accanto al proprio letto, per non separarsene mai.
– Forse i nostri animali magici ci stanno dando la buonanotte – disse **Diamante**.

– Sì – annuì Kalea, più serena.

– *Buonanotte, sorelle* – sussurrò Nives.

– Buonanotte, Guardiane – mormorò Samah.

E scivolarono in un sogno senza ombre né minacce, in cui correvano spensierate insieme ai loro nuovi, inseparabili amici.

INDICE

TERRE DI INCANTO
13
14
12
11
15
1. ACCADEMIA REALE
2. BAIA DEL LEONE
3. PIANA DEL VIANDANTE
4. SORGENTE DELL'INFINITO
5. LAGO BLU
6. CRATERE ARDENTE
7. PICCO DELLA PENA
8. CATENA DEL GELO
9. ROCCA DELLE RONDINI MESSAGGERE
10. FIORDO DELLE SIRENE
11. PALUDE DEI SOGNI
12. SECCA DELL'OBLIO
13. COLLINE DEL SILENZIO
14. GROTTA DEI SEGRETI
15. LA FORESTA DELLE BETULLE

1
2
3
4
5
6
7
8
9
10

ACCADEMIA REALE DI INCANTO

1. TORRE VEDETTA
2. TORRE RUBINO
3. TORRE MADREPERLA
4. TERRAZZO DEI SOSPIRI
5. DORMITORI FEMMINILI
6. DORMITORI MASCHILI
7. SALA DA BALLO
8. SALA GRANDE
9. AULA MAGNA
10. DORMITORI DEGLI INSEGNANTI
11. BIBLIOTECA
12. STANZA DEI SEGRETI
13. CUCINE
14. PALESTRE
15. LABIRINTO
16. LAGHETTO DI CRISTALLO
17. SCUDERIE
18. SERRA DELLE PIANTE PERDUTE E DIMENTICATE

2
16
6
7
17
8
3
4
9
5
18

LA COLLANA

IL SEGRETO
DELLE PRINCIPESSE

LE GUARDIANE
DEI SOGNI

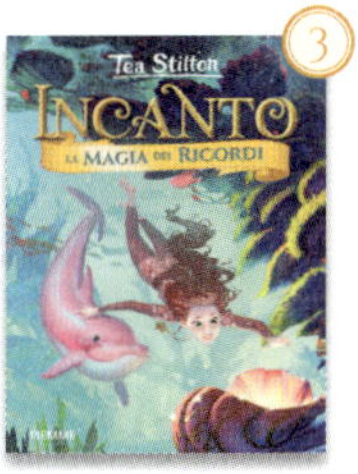

LA MAGIA
DEI RICORDI

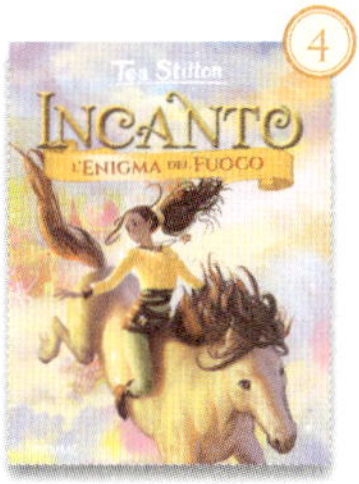

L'ENIGMA
DEL FUOCO

IL CASTELLO
DELL'INGANNO

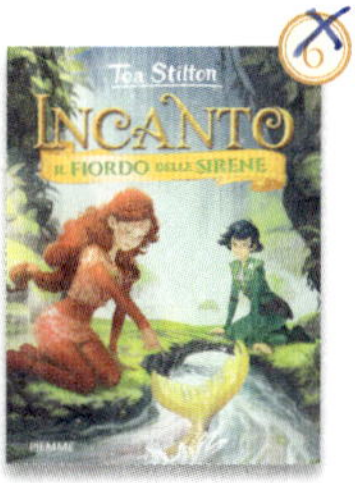

IL FIORDO
DELLE SIRENE

LA NOTTE
DELL'ECLISSI

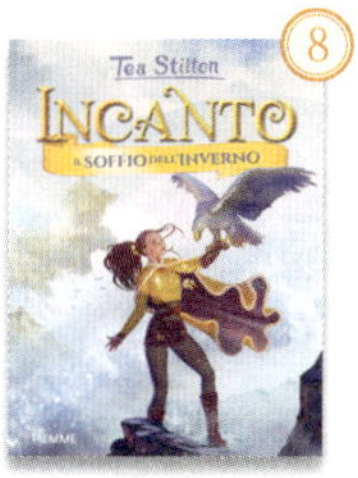

IL SOFFIO
DELL'INVERNO

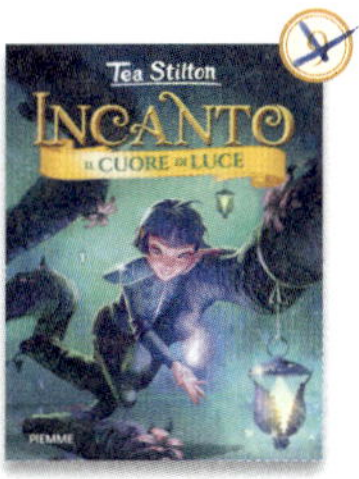

IL CUORE
DI LUCE

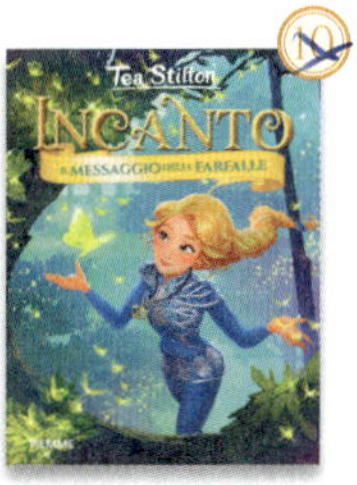

IL MESSAGGIO
DELLE FARFALLE

LA COLLINA
DEI SEGRETI

LA FONTE
DELL'UNICORNO

IL POTERE DI INCANTO

UN'AVVENTURA SPECIALE PER SCOPRIRE
COME TUTTO È INIZIATO!

ARRIVEDERCI

ALLA

PROSSIMA AVVENTURA

NELLE TERRE DI

INCANTO

Gli animali magici

Appunti del viaggio compiuto dal Mago dell'Alba alla ricerca di preziosi alleati

Astro e i Cavalli Solitari

I *CAVALLI SOLITARI* sono originari della Valle delle Dalie Immemori, fiori talmente *LONGEVI* che si è persa memoria del tempo in cui sono sbocciati e non è dato sapere quello in cui sfioriranno.

Si mormora che i Cavalli Solitari siano addirittura *IMMORTALI.* Quello che so, è che possono galoppare più veloci del vento e una volta, una volta soltanto, ho visto uno di loro *VOLARE.* Sono animali riservati, ma se conquisti la loro fiducia l'amicizia che sapranno darti è eterna. Sono sicuro che quando arriverà il momento, si dimostreranno *PREZIOSI ALLEATI* nella dura lotta contro il male.

Quando li ho incontrati la prima volta, mi ha colpito l'ultimo del branco che si è lasciato avvicinare: solo il vento prima di me aveva avuto questo privilegio.

Il suo nome è *ASTRO* e nei suoi occhi ho visto il futuro: diventerà il compagno di una Guardiana di Incanto dotata di *GRANDE FORZA D'ANIMO*, che saprà guidare le altre tra i pericoli che il destino metterà sul loro cammino.

A unire Astro e la Guardiana sarà un Oggetto Magico che ho creato per loro. Dalla fusione delle ultime braci del tramonto con i petali delle Dalie Immortali, è nata la Pietra di Fiamma, incastonata nel metallo più puro di queste Terre, l'Oro di Incanto.

Sirio e i Lupi di Boscolucente

I *LUPI DI BOSCOLUCENTE* hanno tutti lo stesso magnifico manto argentato dai riflessi azzurri. *SIRIO*, il capobranco, è nato a *BIANCO DECLIVIO*, un luogo battuto da una corrente gelida che sembra aver infuso in lui la maestosità della montagna, la placidità del lago e il mistero della notte.

L'ululato di questi animali risuona di *VIBRAZIONI* magiche: udito nel silenzio delle tenebre mentre fuggivo dal nemico, mi ha infuso coraggio, donandomi nuova *ENERGIA*. Allo stesso tempo, ha riempito di timore i passi di chi mi dava la caccia... Quando le Forze Oscure minacceranno di nuovo Incanto, i Lupi di Boscolucente saranno *DALLA NOSTRA PARTE*.

L'*ULULATO* di Sirio saprà rasserenare il cuore puro della Guardiana che è destinata a combattere al suo fianco.

Quando mi si è avvicinato, ho intravisto tra le pareti innevati del declivio il riflesso di una giovane guerriera: avrà *LA PAZIENZA E LA CALMA DELLA NATURA*, che a ogni inverno sa attendere la primavera.

Per creare l'Oggetto Magico perfetto, ho cercato le Gocce delle Cime, cinque diamanti purissimi nati dalle lacrime del leggendario Primo Lupo di Boscolucente. Le ho incastonate poi nell'oro di Incanto, unendo animale e Guardiana per l'eternità.

Mira e le Linci di Macchia Intricata

Le *LINCI* di *MACCHIA INTRICATA* sono creature misteriose e sfuggenti. Vivono in una foresta i cui alberi sembrano uniti gli uni agli altri in un infinito abbraccio. In questo labrinto, hanno sviluppato uno straordinario *SENSO DELL'ORIENTAMENTO* e sanno nascondersi fino a diventare quasi invisibili.

Sono felini che si muovono con sorprendente agilità e *VELOCITÀ*, tanto da lasciare spesso confuso chiunque cerchi di individuarle. Si dice anche che possano *MODIFICARE LE LORO DIMENSIONI*, ma non ne ho la certezza. Quello che so, è che quando ne ho intravista una distesa su un ramo, era come addormentata. Senza che me ne rendessi conto, un istante dopo era di fronte a me, pronta a colpire.

Ma le è bastato un attimo per *CAPIRE* chi fossi: è così che ho avuto l'onore di conoscere il suo nome, *MIRA*.

Affetto, complicità e amicizia la legheranno alla sua Guardiana. Come la lince, anche lei sarà vitale e *PIENA DI ENERGIA*, come il lato più impetuoso della natura. Ho sentito la sua risata echeggiare tra i rami di Macchia Intricata...

La Gemma di Bosco è la pietra che ho scelto per loro. Si forma dalla cristallizzazione del Muschio Smeraldino, che cresce solo un giorno all'anno. Rappresenta la forza e vitalità della natura.

Sol e i Delfini di Rivadoro

Rivadoro è il lungo *FIUME DORATO* che attraversa Boscolucente ed è il luogo di origine di questi magici delfini, che ora popolano tutte le acque di Incanto.

Sembra che questi animali possano accordare il loro *CANTO* con il suono delle onde e dei flutti del fiume. Così come l'acqua, infatti, anche il loro canto può essere tranquillo e dolce, oppure burrascoso e temibile: può incantarti, oppure spazzarti via.

Sono *CREATURE POTENTI*; ne ho la certezza perché devo la mia vita a uno di loro.

Il suo nome è Sol: è capace di dominare l'acqua con stupefacente maestria. L'ho visto con i miei occhi, quando dal nulla ha creato un *VORTICE MARINO* che ha spazzato via il nemico che stava per avere la meglio su di me.

Un *DELFINO* mi ha salvato, aiutandomi senza che glielo chiedessi, senza nemmeno conoscermi...

Sol è una creatura *INTELLIGENTE* e *SENSIBILE*: il suo cuore batterà all'unisono con quello di una Guardiana che più di ogni altra incarnerà la dolcezza della natura e saprà pensare agli altri prima che a se stessa.

L'Oggetto Magico che unirà il delfino alla Guardiana è composto da oro di Incanto e Cuor di Corallo, una gemma che può essere estratta solo dai fondali più profondi dei Mari del Sogno.
La leggenda narra che la prima di queste pietre si formò dopo che una fata confidò al mare il suo sogno d'amore.

Luna e le Farfalle Cangianti

Le *FARFALLE CANGIANTI* nascono dall'Albero delle Gemme Tintinnanti di Boscolucente, i cui fiori, invece di diventare frutti, si trasformano in queste straordinarie creature.

Si tratta di farfalle enigmatiche e imprevedibili. Nelle loro ali mi è sembrato di vedere dipinti paesaggi sconosciuti e animali fantastici, *INAFFERRABILI* e *SFUGGENTI*... Ipnotizzati dal fascino di questo gioco di colori, non si può prevedere se l'ondeggiare delle loro ali genererà una carezza o un tifone!

Le Farfalle Cangianti sembrano delicate, attirano e distraggono con la loro bellezza, ma nascondono poteri inimmaginabili! *LUNA* si è posata sulla mia mano solo nell'istante in cui non la osservavo, mentre quando cercavo di attirarla si dileguava nel nulla.

Poi si è rialzata in volo e dalle sue ali è caduta una *POLVERE DORATA* capace di portare luce e speranza anche nelle tenebre più oscure.

Nell'aria ha tratteggiato il viso della Guardiana destinata a combattere al suo fianco, una giovane in grado di adattarsi a *SFIDE* sempre nuove, proprio come la natura, che muta e si adatta e mostra forme e colori sempre diversi.

Le gemme di Scheggia di Luce sono nate quando la pioggia si è raccolta nella corolla di un fiore dell'Albero delle Gemme Tintinnanti, cullata per una notte dalla luce del plenilunio. Sono uniche, proprio come il legame che unirà Luna e la sua Guardiana.

Quando ho iniziato questo viaggio, non potevo immaginare dove mi avrebbe portato...

Io, il potentissimo Mago dell'Alba, credevo di essere alla ricerca di alleati per sconfiggere per sempre il nemico che mi insegue. Ma dagli animali magici ho imparato che verranno altri dopo di me, i Guardiani di Incanto, che dovranno affrontare mille e mille battaglie... E poi verrà il tempo delle Cinque Guardiane, coloro che Sirio, Astro, Luna, Sol e Mira stanno già aspettando. È su di loro che peserà il destino di tutti i regni...

Ora quello che devo fare mi è finalmente chiaro: il Male non si deve impossessare della mia magia.

Boscolucente di Incanto è il luogo dove lascerò il mio potere: la sua natura sarà in grado di accoglierlo e lascerà che si riveli solo a chi ne sarà degno.

La lotta contro il Male è appena iniziata.